Armageddon 2419 AD
Deutschsprachige Ausgabe

Philip Francis Nowlan war ein amerikanischer Science-Fiction-Autor. Er ist der Erfinder der Figur des Buck Rogers (Anthony Rogers) aus seiner 1928 veröffentlichten Erzählung Armageddon 2419 A.D. und Autor der Texte der Buck-Rogers-Comicserie. Der Erfolg war riesig: Die Pulp-Magazin-Stories hatten vielleicht 100.000 Leser, der in 400 Zeitungen erscheinende Comic-Strip erreichte über 50 Millionen und lief ununterbrochen bis 1967. Dazu kamen Radio- und Kinoserien und bereits Merchandise, wodurch "Buck Rogers" und "Science-Fiction" für das breite Publikum zeitweise synonym wurden.

Die Erzählung **Armageddon 2419 A.D** beschreibt eine endzeitliche Katastrophe im Amerika des 25. Jahrhunderts. Das ganze Land wurde von den Chaharen Han erobert. Die Han besitzen eine hochentwickelte Technologie und haben große Fluggeräte mit Desintegrator-Strahlenwaffen, die tödlich wirken. Von Zeit zu Zeit fallen sie in das amerikanische Land ein, um die letzten "Wilden Amerikaner" aufzuspüren und auszulöschen, damit diese nicht zu einer Bedrohung für die Kultur der Han werden können.

Die letzten Amerikaner leben in kleinen vernetzten Gruppen und verstecken sich vor den Han in den Wäldern. Sie hoffen auf den heimlichen Wiederaufbau ihrer Zivilisation durch die Entwicklung der neuen Technologien "Ultron" und "Inertron".

Eine äußerst spannende Geschichte, die sich zu lesen lohnt in neuer Übersetzung.

Armageddon 2419 AD

Deutschsprachige Ausgabe

Von Phillip Frances Nowlan

Aus dem Englischen übertragen und
herausgegeben von
Klaus-Dieter Sedlacek

ToppBook Fantastische Welt Bd. 10

FSC
www.fsc.org
MIX
Papier aus verantwortungsvollen Quellen
Paper from responsible sources
FSC® C105338

Bibliografische Information der Deutschen Nationalbibliothek:
Die Deutsche Nationalbibliothek verzeichnet diese Publikation in der Deutschen Nationalbibliografie; detaillierte bibliografische Daten sind im Internet über dnb.dnb.de abrufbar

Übersetzung, Coverdesign, Satz in moderner Antiqua-Schrift:
Klaus-Dieter Sedlacek
https://toppbook.de

Herstellung und Verlag: BoD – Books on Demand, Norderstedt

ISBN: 978-3-7519-0520-6

Inhaltsverzeichnis

Auf der Sichtscheibe des Ultroskops betrachtet, sah die Schlacht aus, als würde sie bei Tageslicht ausgetragen, vielleicht an einem bewölkten Tag, während die Explosionen der Raketen als Blitze von besonderer Brillanz erschienen.

1. PROLOG

Sonst habe ich - aus welchem Grund auch immer sie sich für das 25. Jahrhundert interessieren - meine persönlichen Erinnerungen an das 20. Jahrhundert.

Nun fällt mir ein, dass meine Erinnerungen an das 25. Jahrhundert in 500 Jahren vielleicht ein ebenso großes Interesse finden werden - insbesondere angesichts der einzigartigen Perspektive, aus der ich das 25. Jahrhundert gesehen habe, als ich es mit einem Sprung über eine Lücke von 492 Jahren betreten habe.

Diese Aussage bedarf der Aufklärung. Es gibt immer noch viele auf der Welt, die mit meiner einzigartigen Erfahrung nicht vertraut sind. Ich sollte daher feststellen, dass ich, Anthony Rogers, der einzige lebende Mensch bin, dessen normale Lebensspanne sich über einen Zeitraum von 573 Jahren erstreckt, soweit ich weiß. Um genau zu sein, habe ich die ersten neunundzwanzig Jahre meines Lebens zwischen 1898 und 1927 gelebt, die restlichen seit 2419. Die Lücke zwischen diesen beiden Jahren, ein Zeitraum von fast fünfhundert Jahren, verbrachte ich in einem Zustand des Scheintodes, frei von den verheerenden katabolischen Prozessen und ohne offensichtliche Auswirkungen auf meine körperlichen oder geistigen Fähigkeiten.

Als ich meinen langen Schlaf begann, hatte der Mensch gerade seine eigentliche Eroberung der Luft in einer plötzlichen Reihe von transozeanischen Flügen in Flugzeugen begonnen, die von Verbrennungsmotoren angetrieben wurden. Er hatte kaum begonnen, über die Möglichkeiten der Nutzung subatomarer Kräfte zu spekulieren, und er hatte keine weitere praktische Durchdringung des Gebietes der ätherischen Pulsationen erreicht als das primitive Radio und Fernsehen jener Tage. Die Vereinigten Staaten von Amerika waren die mächtigste Nation der Welt, ihr politischer, finanzieller, industrieller und wissenschaftlicher Einfluss war überragend.

Ich erwachte, um festzustellen, dass das Amerika, das ich kannte, ein totales Wrack war - dass die Amerikaner eine gejagte Rasse in ihrem eigenen Land waren, die sich in den dichten Wäldern versteckten, die die zertrümmerten und eingeebneten Ruinen ihrer einst großartigen Städte bedeckten, und die verzweifelt die Reste ihrer Kultur und Wissenschaft und ihre Unabhängigkeit bewahrten und in ihren geheimen Rückzugsgebieten weiterzuentwickeln versuchten.

Die Weltherrschaft lag in den Händen der Chaharen, und das Zentrum der Weltmacht lag im Landesinneren Chinas, wobei die Amerikaner eine der wenigen unbesiegten Völker der Menschheit waren - und es muss in aller Fairness zugegeben werden, dass sie in den Augen der Han-Airlords, die Nordamerika als offizielle Tributpflichtige der Chaharen regierten, nicht der Mühe wert waren, sie zu unterwerfen.

Denn sie brauchten weder die Wälder, in denen die Amerikaner lebten, noch die Ressourcen der riesigen Gebiete, die diese Wälder bedeckten. Mit der Perfektion, auf die sie die synthetische Produktion von Gütern des täglichen Bedarfs und Luxus, die Entwicklung wissenschaftlicher Verfahren und mechanischer Arbeitsleistungen reduziert hatten, bestand für sie kein wirtschaftlicher Bedarf an den Wäldern und kein wirtschaftlicher Wunsch nach der versklavten Arbeit eines widerspenstigen Volkes.

Sie hatten alles, was sie für ihr prächtiges, luxuriöses Zivilisationsschema brauchten, innerhalb der Mauern der fünfzehn Städte aus funkelndem Glas, die sie an den Stätten der alten amerikanischen Zentren in den Himmel, in die Eingeweide der Erde unter ihnen und mit relativ kleinen umliegenden landwirtschaftlichen Gebieten gepflanzt hatten.

Die vollständige Beherrschung der Luft machte die Kommunikation zwischen diesen Zentren zu einer Frage der Leichtigkeit und Sicherheit. Gelegentliche vernichtende Angriffe auf das Ödland wurden als alles angesehen, was notwendig war, um die "wilden" Amerikaner im Schutz ihrer Wälder auf der Flucht zu halten und zu verhindern, dass sie zu einer Bedrohung für die Han-Zivilisation würden.

Aber fast dreihundert Jahre leicht aufrechterhaltener Sicherheit, von denen das letzte Jahrhundert im Hinblick auf den wissenschaftlichen, sozialen und wirtschaftlichen Fortschritt fast unfruchtbar gewesen war, hatten sie aufgeweicht.

Unter dem schützenden Laub des Waldes hatte sich ebenfalls eine neue amerikanische Zivilisation entwickelt, die in der Mobilität und Flexibilität ihrer Organisation, in der Überwindung fast unbezwingbarer Hindernisse und in der Entwicklung und Bewachung ihrer industriellen und wissenschaftlichen Ressourcen bemerkenswert war. All dies geschah in Erwartung jenes "Tages der Hoffnung", auf den sich die Amerikaner seit Generationen vorbereitet hatten, an dem sie stark genug sein würden, um aus den grünen Kokons der Wälder hervorzubrechen, in die oberen Luftwege aufzusteigen und die Hans zu vernichten.

Als ich erwachte, war der "Tag der Hoffnung" fast schon greifbar nahe. Ich werde nicht versuchen, eine detaillierte Geschichte des zweiten Unabhängigkeitskrieges zu erzählen, denn das wurde bereits von besseren Historikern als mir aufgezeichnet. Stattdessen werde ich mich weitgehend auf die Rolle beschränken, die ich glücklicherweise in diesem Kampf und in den Ereignissen, die ihm vorausgingen, spielen durfte.

Das alles resultierte aus meinem Interesse an radioaktiven Gasen. In der zweiten Hälfte des Jahres 1927 hatte mich meine Firma, die American Radioactive Gas Corporation, mit der Untersuchung von Berichten über ungewöhnliche Phänomene beschäftigt, die in bestimmten verlassenen Kohlebergwerken in der Nähe des Wyoming Valley in Pennsylvania beobachtet wurden.

Mit zwei Assistenten und einer kompletten Ausrüstung an wissenschaftlichen Instrumenten begann ich mit der Erforschung eines verlassenen Bergwerks in einem Berggebiet, wo einige Wochen zuvor eine Reihe von Bergbauingenieuren Spuren von Carnotit (ein Hydrovanadat von Uran und anderen Metallen, das damals als Quelle für Radiumverbindungen verwendet wurde, gemeldet hatten. ED.) und was sie für radioaktive Gase hielten. Ihr Bericht war nicht unbegründet, das war von Anfang an klar, denn bei unserer Untersuchung der oberen Schichten des Bergwerks zeigten unsere Instrumente eine starke Radioaktivität an.

Am Morgen des 15. Dezember stiegen wir in eine der niedrigsten Ebenen ab. Zu unserer Überraschung fanden wir dort kein Wasser. Offensichtlich war es durch einen Bruch in den Schichten abgeflossen. Wir stellten auch fest, dass das Gestein in den Seitenwänden des Schachtes weich war, was offensichtlich auf die Radioaktivität zurückzuführen war, und dass die Steine ziemlich leicht unter den Füßen zerbröckelten. Wir gingen vorsichtig den Schacht hinunter, als plötzlich die verrotteten Hölzer über uns nachgaben.

Ich sprang vorwärts und entkam der Lawine aus Kohle und weichem Gestein nur knapp; meine Begleiter, die einige Schritte hinter mir waren, wurden darunter begraben und fanden zweifellos den sofortigen Tod.

Ich saß in der Falle. Eine Rückkehr war unmöglich. Mit meiner elektrischen Taschenlampe erkundete ich den Schacht bis zu seinem Ende, konnte aber keinen anderen Ausweg finden. Die Luft wurde immer schwerer zu atmen, wahrscheinlich durch die schnelle Ansammlung des radioaktiven Gases. Nach kurzer Zeit spielten meine Sinne verrückt und ich verlor das Bewusstsein.

Als ich aufwachte, herrschte eine kühle und erfrischende Luftzirkulation im Schacht. Ich hatte nicht gedacht, dass ich länger als ein paar Stunden bewusstlos gewesen war, obwohl es so aussah, als hätte mich das radioaktive Gas etwa 500 Jahre lang in einem Schwebezustand gehalten. Mein Erwachen, wie ich später herausfand, war auf eine Verschiebung der Schichten zurückzuführen, die den Schacht wieder öffnete und die Atmosphäre in der Grube reinigte. Dies muss der Fall gewesen sein, denn ich konnte mich über einen Schutthaufen den Schacht hinaufkämpfen und den langen Abhang hinauf zur Mündung des Bergwerks torkeln, wo mir eine völlig andere Welt, die mit einem ausgedehnten Wald bewachsen war und keine sichtbaren Anzeichen menschlicher Besiedlung aufwies, ins Auge fiel.

Ich werde die Tage der psychischen Qualen, die auf meinen Versuch folgten, den Sinn des Ganzen zu begreifen, übergehen.

Es gab Zeiten, in denen ich das Gefühl hatte, am Rande des Wahnsinns zu stehen. Ich durchstreifte den unbekannten Wald wie eine verlorene Seele. Wäre es nicht notwendig gewesen, Fallen und grobe Keulen zu konstruieren, um mein Essen zu erlegen, wäre ich meiner Meinung nach verrückt geworden.

Es genügt jedoch zu sagen, dass ich diese psychische Krise überlebt habe. Ich beginne meine eigentliche Erzählung mit meinem ersten Kontakt mit Amerikanern aus dem Jahr 2419 n. Chr.

2. FLIEGENDE MENSCHEN

Mein erster Blick auf einen Menschen des 25. Jahrhunderts gelang mir durch einen Teil des Waldes, in dem die Bäume spärlich verteilt waren, mit einem dichten Wald dahinter.

Ich war ziellos und hoffnungslos umhergeirrt und grübelte über mein seltsames Schicksal nach, als ich eine Gestalt bemerkte, die sich vorsichtig in den dichten Bewuchs auf der anderen Seite der Lichtung zurückzog. Ich wollte gerade fröhlich rufen, aber die Gestalt hatte etwas Verstohlenes an sich, das mich daran hinderte. Die Aufmerksamkeit des Jungen (denn es schien ein Bursche von fünfzehn oder sechzehn Jahren zu sein) konzentrierte sich gespannt auf den dichten Wuchs der Baumgruppe, aus der er gerade herausgekommen war.

Er war in ziemlich eng anliegende Gewänder ganz in Grün gekleidet und trug eine helmartige Mütze derselben Farbe. Hoch um seine Taille trug er einen breiten, dicken Gürtel, der sich im Rücken über die Schultern zu einer Art Rucksack wölbte.

Als ich diese Details aufnahm, gab es einen kräftigen Blitz und eine schwere Detonation, wie die einer Handgranate, nicht weit links von ihm. Er warf einen Arm hoch und taumelte ein wenig sonderbar, gleitend; dann erholte er sich und glitt vorsichtig vom Ort der Explosion weg, leicht geduckt und immer noch dem dichteren Teil des Waldes zugewandt. Alle paar Schritte hob er den Arm und zeigte mit etwas in der Hand in den Wald. Wohin er auch immer zeigte, fand eine verheerende Explosion statt, weiter innen zwischen den Bäumen. Mir wurde klar, dass er mit einer Art Pistole schoss, obwohl es weder einen Blitz noch eine Detonation aus der Mündung der Waffe selbst gab.

Nachdem er mehrmals geschossen hatte, schien er zu einem plötzlichen Vorsatz zu kommen, und er drehte sich dabei in meine ungefähre Richtung, und sprang - zu meinem Erstaunen segelte er in einem so großen Bogen durch die Luft zwischen den spärlich verteilten Bäumen, wie ich so etwas noch nie in meinem

Leben gesehen hatte. Dieser Sprung muss ihn ganze fünfzig Fuß weit getragen haben, obwohl er auf dem Scheitel seines Bogens nicht mehr als zehn oder zwölf Fuß vom Boden entfernt war.

Als er herunterkam, verfing sich sein Fuß in einer vorspringenden Wurzel, und er breitete sich sanft nach vorne aus. Ich sage "sanft", denn er ist nicht, wie ich es erwartet hätte, abgestürzt. Das Einzige, womit ich es vergleichen konnte, war ein Zeitlupenfilm, obwohl ich noch nie einen gesehen habe, in dem horizontale Bewegungen mit normaler Geschwindigkeit ausgeführt wurden und nur die vertikalen Bewegungen verzögert stattfanden.

Zu meiner Überraschung nahm ich an, dass mein Gehirn nicht mit seiner normalen Geschwindigkeit funktionierte, denn ich blickte mehrere Sekunden auf die daliegende Gestalt, bevor ich das Blut sah, das unter der engen grünen Kappe heraussickerte. Als ich meine Handlungskraft wiedererlangte, zog ich ihn aus dem Sichtfeld heraus hinter einen großen Baum. Für einige Momente versuchte ich, den Blutfluss zu stoppen. Die Wunde war nicht tief. Mein Begleiter war mehr betäubt als verletzt. Aber was war mit den Verfolgern?

Ich nahm ihm die Waffe aus der Hand und untersuchte sie in aller Eile. Sie war einer automatischen Pistole nicht unähnlich, an die ich gewöhnt war, nur dass sie anscheinend mit einem Knopf statt mit einem Abzug feuerte. Ich zog aus dem Gürtel meines Gefährten so schnell wie möglich mehrere frische Patronen und schob diese in das Magazin, denn bald hörte ich in unserer Nähe das gedämpfte Gespräch der Verfolger.

Es folgte eine Reihe von Explosionen um uns herum, aber keine sehr nahe. Offensichtlich hatten sie unser Versteck nicht entdeckt und schossen wahllos.

Ich wartete gespannt und balancierte die Waffe in meiner Hand, um mich an ihr Gewicht und ihren wahrscheinlichen Abschuss zu gewöhnen.

Dann sah ich eine Bewegung im grünen Laub eines nicht weit entfernten Baumes, und der Kopf und das Gesicht eines Mannes erschienen. Wie mein Begleiter war er ganz in Grün gekleidet, was es schwierig machte, seine Figur zu unterscheiden. Aber sein Gesicht war deutlich zu sehen, und in diesem lag Mordlust.

Das war entscheidend für mich, ich hob die Waffe und schoss. Mein Schuss war schlecht, denn es gab keinen Rückstoß bei der Waffe, wie ich erwartet hätte. Ich traf den Baumstamm einige Meter unterhalb von ihm. Er wurde wie ein zerknülltes Stück Papier weggeblasen, und er schwebte zu Boden, wie ein schlaffes, totes Wesen, das von einer unsichtbaren Hand sanft nach unten gezogen wurde. Der Baum, dessen Stamm von der Explosion auseinandergesprengt wurde, stürzte ab.

Es folgte eine weitere Serie von Explosionen um uns herum. Diese Waffen, die wir benutzten, machten beim Schießen kein Geräusch, und meine Gegner waren offensichtlich genauso unsicher über meine Position wie ich über ihre. Ich versuchte also nicht, auf ihr Feuer zu antworten, sondern begnügte mich damit, in ihrer allgemeinen Richtung scharf Ausschau zu halten. Und die Geduld wurde belohnt.

Sehr bald sah ich eine vorsichtige Bewegung in der Krone eines anderen Baumes. Ich zeigte mich so wenig wie möglich, zielte vorsichtig auf den Baumstamm und schoss erneut. Ein Schrei folgte der Explosion. Ich hörte, wie der Baum umstürzte, dann ein Stöhnen.

Eine Zeit lang blieb es still. Dann hörte ich ein schwaches Rascheln der Äste. Ich schoss dreimal in seine Richtung und drückte den Knopf so schnell ich konnte. Äste stürzten an der Stelle ab, an der meine Granaten explodiert waren, aber es gab keine Leiche.

Jetzt sah ich einen von ihnen. Er machte einen dieser erstaunlichen Sprünge von einem Ast eines Baumes zum anderen, etwa vier Meter entfernt.

Ich warf impulsiv meine Waffe hoch und feuerte. Inzwischen hatte ich ein Gefühl für die Waffe bekommen, und ich konnte gut zielen. Ich traf ihn. Die "Kugel" muss in seinen Körper eingedrungen und explodiert sein, einen Moment lang sah ich ihn durch die Luft fliegen; dann die Explosion, und er war verschwunden. Er hat seinen Sprung nie beendet.

Wie viele es noch waren, weiß ich nicht, aber das muss zu viel für sie gewesen sein. Sie feuerten eine letzte Runde von Granaten auf uns, die alle schadlos explodierten, und kurz darauf hörte ich sie durch die Baumwipfel von uns wegrauschen und krachen. Nicht einer von ihnen stieg zur Erde hinab.

Nun hatte ich Zeit, meinem Begleiter etwas Aufmerksamkeit zu schenken. Es war, wie ich fand, ein Mädchen und kein Junge. Trotz ihrer sperrigen Erscheinung war sie aufgrund des eigenartigen Gürtels, der hoch unter den Armen um ihren Körper geschnallt war, sehr schlank und sehr hübsch.

Nicht weit entfernt gab es einen Bach, aus dem ich Wasser holte und ihr Gesicht und ihre Wunde wusch.

Offensichtlich lag das Geheimnis dieser langen Sprünge, die affenartige Fähigkeit, von Ast zu Ast zu springen, und der Körper, die sanft nach unten schwebten, anstatt zu fallen, in dem Gürtel. Es handelte sich um eine Art Antigravitationsgürtel, der das Gewicht des Trägers fast ausglich und dadurch die Vortriebskraft der Beinmuskeln und die Hebekraft der Arme enorm vervielfachte.

Als das Mädchen zu sich kam, betrachtete sie mich genauso neugierig wie ich sie, und begann prompt, mich zu befragen. Ihr Akzent und ihre Intonation verwirrten mich sehr, aber trotzdem konnten wir uns ziemlich gut verständigen, abgesehen von bestimmten Wörtern und Sätzen. Ich erklärte ihr, was passiert war, während sie bewusstlos lag, und sie dankte mir einfach dafür, dass ich ihr Leben gerettet hatte.

"'Du bist ein seltsamer Austausch", sagte sie und betrachtete meine Kleidung mit einem komischen Blick. Offensichtlich fand sie diese lustig, im Gegensatz zu ihrer eigenen, sehr effizienten Kleidung. "Verstehst du nicht, was ich mit "Austausch" meine? Ich meine - ah - lass mich sehen - ein Fremder, jemand aus einer anderen Gang. Zu welcher Gang gehörst du?" (Sie sprach es "gan" aus, nur mit der Andeutung eines nasalen Lautes).

Ich lachte. "Ich bin kein Gangster", sagte ich. Aber sie hat dieses Wort offensichtlich nicht verstanden. "Ich gehöre zu keiner Gang", erklärte ich, "und habe auch nie zu einer gehört. Gehört heutzutage jeder zu einer Gang?"

"Natürlich", sagte sie und runzelte die Stirn. "Wenn du keiner Gang angehörst, wo und wie lebst du dann? Warum hast du keine Gang gefunden und bist ihr nicht beigetreten? Wie isst du? Woher bekommst du deine Kleidung?"

"Ich habe in den letzten zwei Wochen Wild gegessen", erklärte ich, "und diese Kleidung habe ich ..." Ich hielt inne und fragte mich, wie ich erklären könnte, dass die Kleidung viele Hundert Jahre alt sein musste.

Am Ende sah ich, dass ich meine Geschichte so gut wie möglich erzählen musste, indem ich sie mit meinen Vermutungen über das Geschehene verknüpfte. Sie hörte geduldig zu; anfangs ungläubig, aber weniger, als ich weiterging. Als ich fertig war, saß sie lange nachdenkend da.

"Das ist schwer zu glauben", sagte sie, "aber ich glaube es." Sie schaute mich mit offenem Interesse an.

"Warst du verheiratet, als du in der Mine in die Bewusstlosigkeit gefallen bist?", fragte sie mich plötzlich. Ich versicherte ihr, dass ich nie geheiratet hatte. "Nun, das vereinfacht die Sache", fuhr sie fort. "Siehst du, wenn man dich technisch als Familienvater einstufen würde, könnte ich dich nur als einen zum Austausch eingeladenen Mann mitnehmen, und da ich unverheiratet und nicht mit dir verwandt bin, könnte ich dich nicht einladen.

3. DIE WALDGANGS

Sie gab mir einen kurzen Überblick über das sehr eigentümliche soziale und wirtschaftliche System, unter dem ihr Volk lebte. Zumindest erschien es mir aus meiner Sicht des 20. Jahrhunderts sehr eigenartig.

Ich erfuhr mit Erstaunen, dass genau 492 Jahre über meinen Kopf hinweggegangen waren, als ich bewusstlos in der Mine lag.

Wilma Deering, denn so hieß sie, erklärte sich nicht als Historikerin und konnte mir daher nur einen skizzenhaften Überblick über die geführten Kriege und die Art und Weise geben, in der solche radikalen Veränderungen stattgefunden hatten. Es schien, dass auf den Ersten Weltkrieg ein weiterer Krieg gefolgt war, in dem sich fast alle europäischen Nationen zusammengeschlossen hatten, um die finanzielle und industrielle Macht Amerikas zu brechen. Obwohl sie geschlagen wurden, gelang es ihnen, ihr Ziel zu erreichen, denn der Krieg war ein furchtbarer Krieg, und sie hinterließen Amerika, wie sie selbst, erschöpft, blutend und unorganisiert, nur mit der hohlen Hülle eines Sieges.

Diese Gelegenheit hatten die Russen ergriffen, die mit den Chinesen eine Koalition eingegangen waren, um ganz Europa zu überfluten und in ein Chaos zu stürzen.

Das industriell auf die Weltmarktproduktion und den Welthandel ausgerichtete Amerika brach wirtschaftlich zusammen, und es folgte eine lange Periode der Stagnation und verzweifelter Versuche des wirtschaftlichen Wiederaufbaus. Aber es war unmöglich, den Krieg mit den Chaharen abzuwenden, die inzwischen die Russen unterworfen hatten und ein Weltreich anstrebten.

Um 2109 scheint der Konflikt schließlich ausgetragen worden zu sein. Die Chaharen, mit überwältigenden Flotten großer Luftschiffe und einer Wissenschaft, die die des angeschlagenen Amerikas bei Weitem übertraf, fegten über die Pazifik- und Atlantikküste und von Kanada herunter und vernichteten amerikanische

Flugzeuge, Armeen und Städte mit ihrem gewaltigen Zerstörungsstrahl. Diese Strahlen wurden von einer Maschine projiziert, die in ihrem Aussehen einem Suchscheinwerfer nicht unähnlich war, dessen Reflektor jedoch keine materielle Substanz, sondern ein kompliziertes Gleichgewicht interagierender elektronischer Kräfte war. Das Ergebnis war ein schrecklich zerstörerischer Strahl. Unter seinem Einfluss verschmolz die materielle Substanz zu "Nichts", d.h. zu elektronischen Schwingungen. Er zerstörte alle damals bekannten Substanzen, von der Luft bis zu den dichtesten Metallen und Steinen.

Sie ließen sich bis zur Gründung der sogenannten Han-Dynastie in Amerika nieder, als eine Art Provinz in ihrem Weltreich.

Das waren schreckliche Zeiten für die Amerikaner. Sie wurden gejagt wie wilde Tiere. Nur diejenigen überlebten, die schließlich Zuflucht in Bergen, Schluchten und Wäldern fanden. Die Regierung war damit am Ende. Über mehrere Generationen herrschte Anarchie. Die meisten hätten sich gerne den Hans unterworfen, auch wenn dies Sklaverei bedeutete. Aber die Hans wollten sie nicht, denn sie selbst verfügten über eine wunderbare Maschinerie und einen wissenschaftlichen Prozess, mit dem alle schwierige Arbeit erledigt wurde.

Letztendlich stoppten sie ihre aktive Suche nach den weit verstreuten Gruppen der nun wilden Amerikaner und hörten auf, sie zu suchen und zu vernichten. Solange die Amerikaner in ihren Wäldern verborgen blieben und sich nicht in die Nähe der großen Städte wagten, die die Hans erbaut hatten, wurde ihnen wenig Aufmerksamkeit geschenkt.

Dann begann der Aufbau der neuen amerikanischen Zivilisation. Familien und Einzelpersonen versammelten sich in Clans oder "Gangs" zum gegenseitigen Schutz. Fast ein Jahrhundert lang lebten sie ein nomadisches und primitives Leben und zogen von Ort zu Ort, in verzweifelter Angst vor den gelegentlichen Luftangriffen der Han und dem schrecklichen Desintegrator-Strahl. Als die Häufigkeit dieser Angriffe abnahm, begannen sie, dauerhaft an bestimmten Orten zu bleiben und sich nach Regeln zu organisieren, die in vielerlei Hinsicht denen der Soldatenhäuser der normannischen Feudalherren ähnelten. Anstatt sich jedoch in Burgen zu konzentrieren, erforderte die amerikanische Verteidigungsstrategie eine gewisse räumliche Streuung der Wohnstätten für Familien und Einzelpersonen. Sie lebten praktisch unter freiem Himmel, in den Wäldern, in grünen Zelten, wobei sie sich einer Tarnung bedienten, die ihre Anwesenheit vor den Luftbeobachtern verbergen sollte. Sie gruben unterirdische Fabriken und Laboratorien, um sich besser vor den elektronischen Detektoren der Hans abzuschirmen. Sie zapften die Funkkommunikationsleitungen der Hans an, zunächst mit groben, später besseren Instrumenten. Sie richteten alle Anstrengungen auf die Wiederbelebung der Wissenschaft. Viele Generationen lang arbeiteten sie als unsichtbare, unbekannte Gelehrte der Hans, die ihr Wissen stückweise aufnahmen.

Zu Beginn dieser Periode gab es viele tödliche Kriege zwischen den verschiedenen Gangs und gelegentlich mutige, aber kindisch-vergebliche Angriffe auf die Hans, gefolgt von schrecklichen Strafaktionen.

Aber mit dem Fortschreiten des Wissens entwickelte sich der Sinn für die amerikanische Brüderlichkeit neu. Es wurden gegenseitige Absprachen zwischen den Gangs über immer größere Gebiete getroffen. Der Handel entwickelte sich bis zu einem gewissen Grad zwischen den einzelnen Gangs, aber der Austausch von Wissen wurde wichtiger als der von Waren, als sich die Fertigkeit im Umgang mit synthetischen Verfahren entwickelte.

Innerhalb der Gang entwickelte sich eine Wirtschaft, die ein Kompromiss zwischen individueller Freiheit und einem militärischen Sozialismus war. Das Recht auf Privateigentum war praktisch auf persönlichen Besitz beschränkt, aber es gab viele private Vorrechte, die als heilig angesehen wurden. Der Anreiz zur Leistung lag vor allem in der Gewinnung verschiedener Arten von Führungsqualitäten und Vorrechten. Man konnte nur in sehr begrenztem Maße etwas besitzen, das als "Reichtum" klassifiziert werden konnte, und nichts, was als "Ressourcen" klassifiziert werden konnte. Ressourcen jeder Art, die der militärischen Sicherheit und Effizienz dienten, gehörten als Angelegenheit von öffentlichem Interesse der Gemeinschaft als Ganzes.

In der Zwischenzeit hatten die Hans über die vielen Generationen hinweg eine Luxuswirtschaft entwickelt. Die Amerikaner galten als "wilde Menschen des Waldes". Und da die Hans weder die Wälder noch die wilden Menschen brauchten oder wollten, behandelten sie die Amerikaner wie Bestien und waren sich keiner menschlichen Verbundenheit mit ihnen bewusst. Mit der Zeit und der Weiterentwicklung synthetischer Verfahren zur Herstellung von Nahrungsmitteln und Materialien benötigten die Hans immer weniger Boden für die Landwirtschaft; schließlich wurde sogar die Arbeit in den Minen aufgegeben, als es billiger wurde, Metall aus elektronischen Schwingungen herzustellen, als sie aus dem Boden zu graben.

Das Volk der Han, das durch seine Laster und seinen Luxus mit Maschinen und wissenschaftlichen Verfahren zur Befriedigung aller Bedürfnisse devitalisiert wurde und praktisch keine Arbeitskräfte mehr benötigte, begann eine defensive Haltung gegenüber den Amerikanern einzunehmen.

Und ganz natürlich betrachteten die Amerikaner die Hans mit einem tiefen, grimmigen Hass; sie sehnten sich verzweifelt nach dem Tag, an dem sie mächtig genug sein würden, sich zu erheben und die chaharische Pest, die über dem Kontinent lag, zu vernichten.

Zur Zeit meines Erwachens waren die Gangs ziemlich locker organisiert, aber sie zogen die Aufstellung einer militärischen Spezialeinheit in Erwägung, deren besondere Aufgabe es sein sollte, die Hans zu bedrängen und ihre Luftschiffe, wann immer möglich, zum Absturz zu bringen, ohne die Chaharen in allgemeine Alarmbereitschaft zu versetzen.

Wilma erzählte mir, dass sie Mitglied der Wyoming-Gang war, die das gesamte Wyoming-Tal als ihr Territorium unter der Führung vom Boss Hart beanspruchte. Ihre Mutter und ihr Vater waren tot, und sie war unverheiratet, sie war also kein "Familienmitglied". Sie lebte in einer kleinen Zeltgruppe, die als Camp 17 bekannt war, unter einer Frau, Camp Boss, mit sieben anderen Mädchen.

Ihre Aufgaben wechselten zwischen militärischer oder polizeilicher Späherei und Fabrikarbeit. In den zwei Wochen, die am nächsten Tag zu Ende gehen sollten, war sie auf "Luftpatrouille". Das bedeutete nicht, wie ich mir zuerst dachte, dass sie flog, sondern vielmehr, dass sie nach Han-Schiffen über diesem abgelegenen Teil des Wyoming-Territoriums Ausschau hielt und die meiste Zeit in den Baumwipfeln verbrachte, um den Himmel zu erkunden. Hätte sie eines gesehen, hätte sie eine "Abwurffackel" mehrere Meilen zur Seite abgefeuert, die sich beim vertikalen Schweben auf die Erde entzündet hätte, sodass die Richtung oder der Punkt, aus dem sie abgefeuert wurde, vom Luftschiff nicht erraten werden konnte und dadurch ein explosives Feuerwerk des Desintegratorstrahls in ihre Nähe gebracht hätte. Andere Mitglieder der Luftpatrouille schickten Raketen hoch, wenn sie sie sahen, bis schließlich ein Späher mit einem Ultrophon, das im Gegensatz zum alten Radio mit den ultraschall-ätherischen Schwingungen arbeitete, die Warnung gleichzeitig an das Hauptquartier der Wyoming-Gang und andere Gemeinden in einem Umkreis von mehreren Hundert Meilen weitergab. Dies würde auch die wenigen amerikanischen Raketenschiffe alarmieren, die sich in der Luft aufhielten und die sich sofort in Deckung begeben würden, entweder in Waldlichtungen oder in grünen Feldern, wo ihre Färbung sie wahrscheinlich vor Beobachtung schützen würde.

Die beliebteste amerikanische Antriebsmethode war das "Raketenfliegen". Die Rakete würde ich nach meinem Verständnis der Materie des 20. Jahrhunderts als einen extrem starken Gasstoß beschreiben, der atomar durch die Stimulierung einer chemischen Wirkung erzeugt wurde. Wissenschaftler von heute betrachten sie als eine simple Reaktion, die zwar kinderleicht ist, aber gerade deshalb am wirtschaftlichsten und effizientesten.

Aber morgen, so erklärte Wilma, würde sie wieder in der Tuchfabrik arbeiten, wo sie einen der synthetischen Prozesse übernehmen würde, mit denen diese wunderbaren Ersatzstoffe für gewebte Stoffe aus Wolle, Baumwolle und Seide hergestellt werden. Nach weiteren zwei Wochen würde sie wieder zum Militärdienst zurückkehren, vielleicht bei der gleichen Arbeit oder vielleicht als "Kontaktwache" im Dienst, wo sich das Gebiet der Wyomings mit dem der Delawares oder der "Susquannas" oder einer von einem halben Dutzend anderer "Gangs" in dem Teil des Landes, den ich als Pennsylvania und New York Staaten kannte, zusammenschloss.

Wilma klärte für mich das Rätsel dieser fliegenden Sprünge auf, die sie und ihre Angreifer gemacht hatten, und erklärte mir, dass der Inertron-Gürtel das Gewicht ausgleicht: "Jumper" waren zu der Zeit, als ich "aufwachte", üblich, obwohl sie teuer waren, denn zu dieser Zeit war Inertron noch nicht in sehr großer Menge hergestellt worden. Sie waren im Wald sehr nützlich. Es waren Gürtel, die hoch unter den Armen geschnallt wurden und eine dem Gewicht und Zweck des Trägers angepasste Menge an Inertron enthielten: Tatsächlich brachten sie einen Mann dazu, so wenig zu wiegen, wie er wollte; zwei Pfund, wenn er wollte.

"Floater" sind eine spätere Entwicklung von "Jumpern" - Raketenmotoren, die in Inertronblöcke eingeschlossen und so auf den Rücken geschnallt waren, dass der Träger beim Driften leicht nach unten schwebt. Mit seinem Motor in Betrieb bewegt er sich wie ein Taucher, vor allem mit dem Kopf, und steuert seine Richtung durch Verdrehen des Körpers und durch Bewegungen seiner ausgestreckten Arme und Hände. Ballastgewichte, die vorne am Gürtel befestigt sind, regulieren Gleichgewicht und Auftrieb. Einige Männer bevorzugen beim Schweben ein paar Unzen Gewicht, wobei sie einen leichten Motorschub zur Überwindung dieses Zustandes verwenden. Andere bevorzugen eine Auftriebsbalance von wenigen Unzen. Das unbeabsichtigte Absinken des Gewichts ist keine ernste Angelegenheit. Der Motorschub kann immer zum Abtauchen verwendet werden. Aber als zusätzliche Vorsichtsmaßnahme für den Fall, dass der Motor aus irgendeinem Grund ausfallen sollte, sind in jedem Gurt eine Reihe von abnehmbaren Segmenten eingebaut, von denen ein Teil davon weggelassen werden kann, um den Gewichtsverlust auszugleichen.

"Aber wer waren die Angreifer", fragte ich, "und warum wurdest du angegriffen?"

Ihre Angreifer, so sagte sie mir, seien Mitglieder einer Verbrechergang, die als "Bad Bloods" bezeichnet wurde, einer Gruppe, die seit mehreren Generationen unter der Herrschaft von Anführern stand, die versuchten, die Interessen ihres Clans durch Vorgehensweisen durchzusetzen, die von ihren Nachbarn als ungerecht empfunden wurden, und die infolgedessen praktisch boykottiert worden waren. Ihr Zweck war es gewesen, Wilma nahe der Grenze zu Delaware zu töten, was den Anschein erweckte, als sei das Verbrechen von Delaware-Scouts begangen worden, und so die Delawares und Wyomings in Vergeltungsakte gegeneinander verwickelt oder zumindest verdächtig erscheinen ließ.

Glücklicherweise war es ihnen nicht gelungen, sie zu überraschen, und es war ihr gelungen, ihnen etwa zwei Stunden lang auszuweichen, bevor die Schießerei begann, in dem Moment, als ich am Tatort eintraf.

"Aber wir dürfen nicht hier bleiben und reden", schloss Wilma. "Ich muss dich mitnehmen, und außerdem muss ich diesen Angriff sofort melden. Ich denke, wir sollten besser auf die andere Seite des Berges gehen. Wer auch immer auf diesem Posten ist, wird ein Telefon haben, und ich kann einen direkten Bericht erstatten. Aber du brauchst einen Gürtel. Meiner allein hilft nicht viel gegen unsere Gesamtgewichte, und mit schweren Sprüngen kann man wenig gewinnen. Es ist fast so schlimm, wie laufen."

Nach einer kleinen Suche fanden wir einen der Männer, die ich getötet hatte, der in einiger Entfernung zwischen den Bäumen heruntergeschwebt war und dessen Gürtel nicht sonderlich beschädigt war. Als er sich von seinem Körper trennte, löste er sich fast von mir und schoss in die Luft. Wilma fing ihn jedoch auf, und obwohl er den Auftrieb ihres eigenen Gürtels verstärkte, sodass sie ihr Knie um einen Ast haken musste, um sich unten zu halten, rettete sie ihn. Ich kletterte auf den Baum, und mit meinem Gewicht, das sich zu ihrem addierte, schwebten wir leicht nach unten.

4. DAS LEBEN IM 25. JAHRHUNDERT

Wir hatten eine ziemliche Verspätung, da ich mir einige ungefähre Vorstellungen über die Technik der Verwendung dieser Gurte aneignen musste. Ich hatte mich zum Beispiel mit dem umgeschnallten Gürtel hingesetzt und eine Leichtigkeit genossen, die der eines bequemen Sessels ähnelte; als ich mit einer natürlichen Muskelanstrengung aufstand, schoss ich drei Meter in die Luft, mit einem wilden, instinktiven Schlagen der Arme und Beine, was Wilma sehr amüsierte.

Aber nach etwas Übung gelang mir der Trick, die Muskelanstrengung auf ein Minimum in der Vertikalen und ein Maximum in der Horizontalen zu beschränken. Die richtige Form, so fand ich, war ein Maß, das mit dem des Eislaufens vergleichbar war. Ich stellte auch fest, dass bei der Waldarbeit die Arme und Hände beim Schwingen von Ast zu Ast sehr vorteilhaft eingesetzt werden konnten, so dass die Sprünge manchmal fast unbegrenzt verlängert werden konnten.

Beim Aufstieg an der Bergflanke stellte ich fest, dass meine Muskeln aus dem 20. Jahrhundert einen Vorteil hatten, trotz der mangelnden Geschicklichkeit mit dem Gürtel; und da die Abhänge sehr steil waren und die meisten unserer Sprünge nach oben gingen, hätte ich Wilma überholen können, aber als wir den Grat überquerten und hinuntergingen, überholte sie mich mit ihrer überlegenen Technik. Bei den steilsten Hängen kauerte sie in der Spitze eines Baumes und stürzte sich nach außen und tauchte buchstäblich ab, bis sie nach dem Verlust des horizontalen Schwungs eine aufrechtere Position einnahm und nach unten schwebte. Auf diese Weise legte sie manchmal bis zu einer Viertelmeile in einem einzigen Sprung zurück, während ich unbeholfen hinterher sprang und krabbelte, wobei ich die Erfahrung sehr genoss.

Auf halbem Weg den Berg hinunter sahen wir eine weitere grün gekleidete Gestalt über den Baumwipfeln auf uns zu springen. Wir drei saßen auf einem Felsvorsprung, von dem aus man viele Kilometer weit sehen konnte, während Wilma ihrer Kollegin namens Alan flüchtig ihr Abenteuer und meine Anwesenheit erklärte. Später erfuhr ich, dass Alan die moderne Form von Helen war.

"Du willst dich also telefonisch melden, oder?" Alan nahm ein kompaktes Päckchen von etwa sechs Zoll im Quadrat aus einem Halfter, das an ihrem Gürtel befestigt war, und reichte es Wilma. Soweit ich sehen konnte, hatte es keinen speziellen Empfänger für das Ohr. Wilma warf lediglich einen Deckel zurück, als würde sie ein Buch öffnen, und begann zu sprechen. Die Stimme, die von der Maschine zurückkam, war genauso hörbar wie ihre eigene.

Sie wurde genauestens über den Angriff auf ihre Person befragt, und ziemlich lange über meine Person, und ich konnte an dem Ton dieser Stimme erkennen, dass ihr Gesprächspartner nicht so bereit war, mich für bare Münze zu nehmen, wie Wilma es getan hatte. Das andere Mädchen war es übrigens auch nicht. Ich konnte es an den misstrauischen Blicken erkennen, die sie mir zuwarf, als sie dachte, meine Aufmerksamkeit sei anderswo, und an der Art und Weise, in der ihre Hand ständig in der Nähe ihres Pistolenhalfters schwebte.

Wilma wurde befohlen, mich sofort herzubringen, und sie wurde informiert, dass ein anderer Späher ihren Platz auf der anderen Seite des Berges einnehmen würde. Sie schloss den Deckel des Telefons und gab es Alan zurück, die erleichtert schien, uns über die Baumwipfel in Richtung der Lager aufbrechen zu sehen.

Wir hatten vielleicht zehn Meilen zurückgelegt, was mir immer noch überraschend einfach schien, als Wilma erklärte, dass wir uns von hier an am Boden aufhalten müssten. Wir seien in der Nähe der Lager, sagte sie, und es bestünde immer die Möglichkeit, dass uns ein kleiner Han-Scoutship, unsichtbar hoch am Himmel, durch ein Projektoskop erblicken und so die allgemeine Position der Lager finden könnte.

Wilma brachte mich zum Scout-Büro, das sich als ein kleines Gebäude von unregelmäßiger Form erwies, das sich an die umgebenden Bäume anpasste und im Wesentlichen aus grünem, blattähnlichem Material bestand.

Ich wurde vom stellvertretenden Scout-Boss empfangen, der meine Ankunft sofort dem historischen Büro meldete, und den Beamten, die er Psycho-Boss und History Boss nannte, welche wenige Minuten später eintrafen. Die Haltung aller drei Männer war zunächst höflich, aber skeptisch, und Wilmas leidenschaftliches Eintreten schien sie zu amüsieren.

In den nächsten zwei Stunden redete ich, erklärte und beantwortete Fragen. Ich musste detailliert die Art und Weise meines Lebens im 20. Jahrhundert und mein Verständnis von Sitten, Gebräuchen, Geschäften, Wissenschaft und der Geschichte dieser Periode sowie über die Entwicklungen in den vergangenen Jahrhunderten erklären. Wäre ich in einem Klassenzimmer gewesen, hätte ich die Prüfung mit einer sehr schlechten Note bestanden, da ich nicht in der Lage war, auf die Hälfte der Fragen eine vollständige Antwort zu geben. Aber schon bald wurde mir klar, dass die meisten dieser Fragen als Fallen ausgelegt waren. Gegenstände, von deren Zweck ich nichts wusste, wurden mir beiläufig ausgehändigt, und ich wurde bei der Handhabung scharf beobachtet.

Am Ende konnte ich sehen, wie sich in den Gesichtern meiner Inquisitoren sowohl Erstaunen als auch Glaube zu zeigen begann, und schließlich stimmten die Geschichts- und Psychobosse offen zu, dass sie keinen Makel in meiner Geschichte oder in meinen Reaktionen finden konnten und dass meine Geschichte als echt akzeptiert werden musste.

Sie brachten mich sofort zum Big Boss Hart. Er war ein stämmiger Mann mit einem "Pokerface". Er wäre wahrscheinlich sogar im 20. Jahrhundert ein erfolgreicher Politiker gewesen.

Sie gaben ihm einen kurzen Abriss meiner Geschichte und einen Bericht über ihre Untersuchung meiner Person. Er gab keinen Kommentar ab, außer dass er nickte, um zu akzeptieren; dann wandte er sich an mich. "Wie fühlt sich das an?", fragte er. "Sehen wir für dich komisch aus?"

"Ein bisschen seltsam", gab ich zu. "Aber ich verliere langsam dieses benommene Gefühl, obwohl ich sehe, dass ich noch sehr viel lernen muss."

"Vielleicht können wir auch etwas von dir lernen", sagte er. "Du hast also im Ersten Weltkrieg gekämpft? Weißt du, wir haben nur noch sehr wenige Aufzeichnungen über die Einzelheiten dieses Krieges, d.h. über die genauen Bedingungen, unter denen er geführt wurde, und über die angewandten Taktiken. Während des Han-Terrors haben wir viele Dinge vergessen, und ... na ja ... Ich denke, du hast vielleicht eine Menge Ideen, die es wert sind, für unsere Raubzugmeister in Betracht gezogen zu werden. Übrigens, jetzt, wo du hier sind und sozusagen nicht mehr in Ihr eigenes Jahrhundert zurückgehen können, was willst du tun? Du kannst gerne einer von uns werden. Oder vielleicht möchtest du uns einfach nur eine Weile besuchen und sich dann bei den anderen Gangs umsehen. Vielleicht würden Ihnen einige der anderen besser gefallen. Entscheide nicht gleich. Wir werden dich für eine Weile als Austausch eintragen. Mal sehen. Du und Bill Hearn werden gut miteinander auskommen. Er ist der Camp Boss von Nummer 34, wenn er nicht gerade als Raid Boss oder Scout Boss agiert. In seinem Lager gibt es eine freie Stelle. Bleibe bei ihm und denke über alles nach, solange du willst. Sobald du dich zu etwas entschlossen hast, lass es mich wissen."

Wir schüttelten uns alle die Hand, denn das war ein Brauch, der seit fünfhundert Jahren nicht ausgestorben war, und ich machte mich mit Hearn auf den Weg.

Bill war, wie alle anderen, grün gekleidet. Er war ein großer Mann. Das heißt, er war ungefähr so groß wie ich, 1,80 m. Das lag jetzt deutlich über dem Durchschnitt, denn das Volk hatte durch die Wechselfälle von fünf Jahrhunderten etwas an Statur verloren, wie es schien. Die meisten Frauen waren etwas unter 1,5 Meter groß, und die Männer nur ein wenig über dieser Größe.

Zwei Wochen lang sollte Bill sich auf Lagerarbeiten beschränken, sodass ich eine gute Gelegenheit hatte, mich mit dem Gemeinschaftsleben vertraut zu machen. Das war nicht leicht. Es gab so viele Besonderheiten, die es zu verkraften galt. Ich habe nie aufgehört, mich über die merkwürdige Kombination von rustikalem Sozialleben und fieberhafter industrieller Tätigkeit zu wundern. Zumindest war es für mich seltsam. Denn nach meiner Erfahrung bedeutete industrielle Entwicklung überfüllte Städte, Mietskasernen, gepflasterte Straßen, eine Fülle von Fahrzeugen, Lärm, eilige Männer und Frauen mit angestrengten oder stumpfen Gesichtern, riesige Strukturen und prunkvolle öffentliche Einrichtungen.

Hier jedoch gab es eine rustikale Einfachheit, scheinbar isolierte Familien und Gruppen, die mitten im Wald lebten, mit einer Viertelmeile oder mehr zwischen den Haushalten. Es gab keine Menschenmassen, kein anderes Transportmittel als die Gürtel, die man Jumper nannte und die fast ständig von allen getragen wurden, und gelegentlich ein Raketenschiff - das nur für längere Reisen benutzt wurde - und unterirdische Anlagen oder Fabriken, die meiner Meinung nach eher wie Labors und Maschinenräume aussahen. Viele von ihnen waren Gruben, so tief wie Minen, mit gut eingerichteten, beleuchteten und komfortablen Innenräumen. Diese Leute waren geschickt in der Tarnung gegen Luftbeobachtung. Nicht nur ein Luftschiff, das über das Zentrum der Gemeinde hinwegflog, sondern sogar ein Feind, der durch den Schirm der oberen Äste auf den Waldboden gesehen hätte, würde ihre Aktivität nicht vermutet haben. Die Lager oder Haushaltsstrukturen waren alle unregelmäßig in Form und Farben, die sich mit den großen Bäumen, zwischen denen sie versteckt waren, vermischten.

Es gab 724 Wohnungen oder Lager bei den Wyomings, die sich in einem Gebiet von etwa fünfzehn Quadratmeilen konzentrierten. Die Gesamtbevölkerung betrug 8.688, wobei jeder Mann, jede Frau und jedes Kind, ob Mitglied oder "Austausch", aufgelistet war. Auch die Pflanzungen waren weit über das Gebiet verstreut. Nirgendwo war so etwas wie Überfüllung erlaubt. So weit wie möglich wurden Familien und Einzelpersonen in Wohnquartieren untergebracht, nicht zu weit entfernt von den Werken, Anlagen oder Büros, in denen sie arbeiteten.

Alle arbeitsfähigen Männer und Frauen wechselten in zweiwöchigen Abständen zwischen Militär- und Industriedienst, mit Ausnahme derjenigen, die für die Hausarbeit benötigt wurden. Da die Arbeitsbedingungen in den Betrieben und Büros ideal waren, hatten alle eine Menge gesunder Aktivitäten im Freien. Außerdem war die Bevölkerung robust und aktiv. Faulheit wurde als fast das größte soziale Vergehen angesehen.

Harte Arbeit und allgemeine Leistungen wurden auf verschiedene Weise mit zusätzlichen Privilegien belohnt, mit dem Aufstieg in Autoritätspositionen und mit verschiedenen persönlichen Ausrüstungsgegenständen für Bequemlichkeit und Luxus.

In der Freizeit machte es mir großen Spaß, vor der Wohnung zu sitzen, in der ich mit Bill Hearn und zehn anderen Männern untergebracht war, und die gelegentlichen Passanten zu beobachten, wie sie mit leichten, aber schnellen Bewegungen den Waldweg auf und ab schwangen, sich in langen, fast horizontalen Sprüngen vom Boden erhob, gelegentlich von einem bequemen Ast über den Kopf zum anderen schwangen und weiter zu Boden "rutschten". Die normale Reisegeschwindigkeit, bei der diese Pfade gerade ausreichend waren, betrug etwa zwanzig Meilen pro Stunde. Solche Dinge wie Autos und Eisenbahnzüge (die Erinnerung daran war in meinen Augen nicht älter als einen Monat) erschienen mir unsäglich dumm und sinnlos im Vergleich zu dem Komfort, den diese Gurte oder Jumper boten.

Bill schlug vor, dass ich mehrere Tage von Werk zu Werk wandern sollte, um zu beobachten und zu studieren, was ich konnte. Die ganze Gemeinde war über mein Kommen informiert worden, und meine Einstufung als "Austausch", die jedes Gebäude und jeden Posten in der Gemeinde erreichte, wurde mittels Ultraschallübertragung überall in einem interessierten und hilfsbereiten Geist wahrgenommen.

Ich besuchte die Anlagen, in denen die Ultraschallschwingungen vom Äther isoliert und durch langsame Prozesse in subelektronische, elektronische und atomare Formen zu den beiden großen synthetischen Elementen, dem Ultron und dem Inertron, umgewandelt wurden. Ich erfuhr etwas, zumindest oberflächlich betrachtet, über die Prozesse kombinierter chemischer und mechanischer Einwirkung, durch die die verschiedenen Formen von synthetischem Gewebe hergestellt wurden. Ich beobachtete die Herstellung der Maschinen, die an den Baustellen zur Produktion der verschiedenen Formen von Baumaterialien eingesetzt wurden. Aber mein besonderes Interesse galt den Munitionsfabriken und den Raketenschiffen.

Ultron ist ein Festkörper mit großer Molekulardichte und mäßiger Elastizität, der die Eigenschaft hat, für die als Licht, Elektrizität und Wärme bekannten Schwingungen zu 100 Prozent leitend zu sein. Da er für Lichtschwingungen völlig durchlässig ist, ist er daher absolut unsichtbar und nicht reflektierend. Auch seine magnetische Reaktion ist fast, aber nicht ganz, 100 Prozent. Daher ist er unter normalen Bedingungen sehr schwer, reagiert aber extrem auf die Anti-Schwerkraft-Strahlen, die die Hans als "Basistechnologie" für ihre Luftschiffe verwenden.

Das Inertron ist der zweite große Triumph der amerikanischen Forschung und des Experimentierens mit Ultraschallkräften. Es wurde nur wenige Jahre vor meinem Aufwachen in der verlassenen Mine entwickelt. Es ist ein synthetisches Element, das durch eine komplizierte Heterodynie von Ultraschallpulsen aus "infra-balancierten" subionischen Formen aufgebaut wurde. Es ist sowohl gegenüber elektrischen als auch magnetischen Kräften in allen Ordnungen oberhalb des Ultraschalls, d.h. dem sub-elektronischen, dem elektronischen, dem atomaren und dem molekularen, völlig reaktionsträge. Folglich hat es eine Reihe von erstaunlichen und wertvollen Eigenschaften. Eine dieser Eigenschaften ist das völlige Fehlen von Gewicht. Eine andere ist das völlige Fehlen von Wärme. Es besitzt keinerlei molekulare Schwingungen. Es reflektiert 100 Prozent der einfallenden Wärme und des Lichts. Es fühlt sich natürlich nicht kalt an, da es die Wärme der Hand nicht absorbiert. Es besitzt eine feste, sehr dichte Molekularstruktur trotz seines geringen Gewichts, eine hohe Festigkeit und eine beträchtliche Elastizität. Es ist ein perfekter Schutzschild gegen die Strahlen des Desintegrators.

Raketenwaffen sind sehr einfache Konstruktionen, was den Mechanismus des Abschusses der Geschosse betrifft. Es handelt sich um einfache leichte Rohre, die am hinteren Ende mit einem Stift mit Auslöser versehen sind, der die dünne Haut am Boden der Patrone durchbohrt. Dieses Durchstechen der Hülle löst die chemische und atomare Reaktion aus. Die gesamte Patrone verlässt die Röhre aus eigener Kraft und mit einer sehr leichten Anfangsgeschwindigkeit, die gerade ausreicht, um die Zielgenauigkeit zu gewährleisten; die Röhre muss also nicht schwer konstruiert sein. Die Geschwindigkeit des Geschosses erhöht sich mit zunehmender Entfernung. Es kann fest oder explosiv sein. Es kann bei Kontakt oder innerhalb einer bestimmten Zeit explodieren, oder eine Kombination aus beidem.

Bill und ich sprachen hauptsächlich über Waffen, Militärtaktik und Strategie. Merkwürdigerweise hatte er keinerlei Ahnung von den Möglichkeiten des Sperrfeuers, obwohl mir die ungeheure Wirkung eines "Feuervorhangs" mit so hochexplosiven Projektilen wie diesen modernen Raketengeschützen klar war. Aber die Idee des Sperrfeuers schien in den Luftkriegen, die auf den Ersten Weltkrieg folgten, und in der eigenartigen Guerillataktik, die die Amerikaner in der späteren Zeit der Operationen vom Boden aus gegen die Luftschiffe der Han entwickelt hatten, und in den Bandenkriegen, die, wie ich erfuhr, bis vor einigen Generationen fast ununterbrochen geführt wurden, völlig aus den Augen verloren worden zu sein.

"Ich frage mich", sagte Bill eines Tages, "ob wir nicht eine Art von Sperrfeuer gegen die Verbrechergang Bad Bloods ausarbeiten könnten. Der Big Boss erzählte mir heute, dass er mit den anderen Gangs in Verbindung steht, und alle sind sich einig, dass die Bad Bloods ebenso gut für immer ausgelöscht werden könnten. Dieser Anschlag auf Wilma Deering und ihr offensichtlicher Wunsch, Ärger zwischen den Gangs zu stiften, hat jede Gemeinde östlich der Alleghanies aufgewühlt. Der Boss sagt, dass keiner der anderen etwas dagegen haben wird, wenn wir sie verfolgen. Jetzt zeige mir noch einmal, wie du die Sache im Wald der Argonnen durchgeführt hast. Die Bedingungen sollten so ziemlich die gleichen sein."

Ich bin die Sache mit ihm im Detail durchgegangen, und nach und nach haben wir einen modifizierten Plan ausgearbeitet, der besser auf unsere stärkeren Waffen und den Einsatz von Springern abgestimmt war.

"Es wird einfach sein", jubelte Bill. "Ich werde runterrutschen und morgen mit dem Boss darüber sprechen."

Während der ersten zwei Wochen meines Aufenthalts bei den Wyomings sahen Wilma Deering und ich uns sehr oft. Ich fühlte mich natürlich etwas enger mit ihr befreundet, da sie der erste Mensch war, den ich nach dem Aufwachen aus meinem langen Schlaf sah.

Es war auch ganz natürlich, dass sie ein ungewöhnliches Interesse an mir empfand. In erster Linie war ich ihre persönliche Entdeckung, und ich hatte ihr das Leben gerettet. Zum anderen war sie ein Mädchen mit einer lernbegierigen und nachdenklichen Geisteshaltung. Sie wurde meiner Geschichten und Beschreibungen des 20. Jahrhunderts nie müde.

Die anderen Mitglieder der Gemeinschaft schienen unsere Freundschaft jedoch ein wenig amüsant zu finden. Es schien, dass Wilma den Ruf hatte, dem anderen Geschlecht gegenüber kalt zu sein, und so interpretierten die Anderen ihr Verhalten falsch, sehr zu ihrer eigenen Freude. Wilma und ich ignorierten dies jedoch so gut es ging.

5. EIN HAN LUFTANGRIFF

In Wilmas Lager gab es ein Mädchen namens Gerdi Mann, in die Bill Hearn verzweifelt verliebt war, und wir vier sind viel zusammen herumgegangen. Gerdi war ein besonderer Typ. Während Wilma das übliche dunkelbraune Haar und die haselnussbraunen Augen hatte, die fast jedes Mitglied des Landes kennzeichneten, hatte Gerdi rote Haare, blaue Augen und eine sehr helle Haut. Sie war ein Rückfall in der körperlichen Erscheinung in einen bestimmten Typus des 20. Jahrhunderts, den ich unter den gegenwärtigen Amerikanern sehr selten gefunden habe. Wir vier diskutierten eines Tages über genau diesen Punkt, als ich meine ersten Erfahrungen mit einem Luftangriff der Han machte.

Wir saßen hoch oben auf einem Hügel, von dem aus man das Tal überblicken konnte, in dem es von menschlicher Aktivität wimmelte, unsichtbar unter seiner Laubdecke.

Die anderen drei, die von den Iren wussten, aber nur vage und auf unbestimmte Zeit, als eine Volksgruppe auf der anderen Seite des Globus, der es wie uns gelungen war, eine prekäre und unsichere Lebensweise in der Rebellion gegen die chaharische Herrschaft über die Erde aufrechtzuerhalten, hörten mit Interesse meiner Theorie zu, dass die Vorfahren von Gerdi vor mehreren Hundert Jahren Iren gewesen sein müssen. Ich erklärte, dass Gerdi ein irischer Typ war, und dass ihr Nachname McMann oder Me-Mahan und noch älter "mac Mathghamhain" gewesen sein könnte. Sie waren auch an meiner Vermutung interessiert, dass "Gerdi" derselbe Name war wie der, der im 20. Jahrhundert "Gerty" oder "Gertrude" gewesen war.

Mitten in unserer Diskussion wurden wir von einer Alarmrakete aufgeschreckt, die weit im Norden hoch in der Luft explodierte und eine rote Rauchfahne verbreitete, die wie eine Wolke umhertrieb. Andere folgten ihr an verstreuten Punkten am Nordhimmel.

"Ein Han-Angriff!", rief Bill erstaunt aus. "Der Erste seit sieben Jahren!"

"Vielleicht ist nur eines ihrer Schiffe vom Kurs abgekommen", vermutete ich.

"Nein", sagte Wilma etwas erregt. "Das wären grüne Raketen. Rot bedeutet nur eins, Tony. Sie fegen mit ihren Dis-Strahlen über das Land. Kannst du etwas sehen, Bill?"

"Wir sollten besser in Deckung gehen", sagte Gerdi nervös. "Wir vier sind hier im Freien zusammengepfercht. Sie sind vielleicht zwölf Meilen hoch, außer Sichtweite, und sehen uns trotzdem mit einem Projektor an."

Bill hatte mit seinem Fernglas hastig den Horizont überflogen, aber offenbar nichts gesehen.

"Wir sollten uns besser verteilen", sagte er schließlich. "Das ist ein Befehl, weißt du. Sieh her!" Er zeigte auf das Tal.

Hier und da schoss eine winzige menschliche Figur für einen Moment aus dem Laub der Baumwipfel.

"Das ist schlecht", kommentierte Wilma, als sie die Springer zählte. "Nicht weniger als fünfzehn Personen waren sichtbar, und alle zeigten sich deutlich von einem zentralen Punkt aus. Wollen sie unseren Standort preisgeben?"

Die Standardbefehle für Luftangriffe lauteten, dass die Bevölkerung individuell verteilt werden sollte. Angesichts der Zerstörungskraft der Desintegrator-Strahlen sollte es keine Gruppierung oder gar Paarung geben. Die Erfahrung von Generationen hatte bewiesen, dass, wenn dies geschehen würde und alle unter den Baumschutzgittern verborgen blieben, die Hans Meile um Meile des Territoriums zu Fuß durchkämmen müssten, um mehr als einen kleinen Prozentsatz der Gemeinschaft zu erwischen.

Gerdi weigerte sich jedoch, Bill zu verlassen, und Wilma entwickelte eine ebenso große Hartnäckigkeit, um nicht von meiner Seite zu weichen. Ich sei in solchen Dingen unerfahren und ignorierte die Tatsache, dass sie es auch war; sie war zum Zeitpunkt des letzten Luftangriffs erst dreizehn oder vierzehn Jahre alt.

Da ich ihr jedoch nicht widersprechen konnte, sprangen wir zusammen etwa eine Viertelmeile nach rechts, während Bill und

Gerdi zwischen den Bäumen den Abhang hinunter verschwanden.

Wilma und ich wollten beide einen Aussichtspunkt, von dem wir das Tal und den Himmel im Norden überblicken konnten, und wir fanden ihn in der Nähe der Bergkuppe, wo wir, durch dicke Äste vor der Wahrnehmung geschützt, zwischen den Baumstämmen herausschauen und eine gute Aussicht auf das Tal genießen konnten.

Es gingen keine Raketen mehr hoch. Abgesehen von einigen wenigen dieser schwindenden roten Wolken, die faul in einem blauen Himmel dahinschwebten, gab es nirgendwo am Himmel oder am Boden sichtbare Anzeichen für die Vergangenheit oder Gegenwart von Menschen.

Dann packte Wilma meinen Arm und zeigte darauf. Ich sah es; ganz weit weg in der Ferne; es sah aus wie ein Phantom-Luftschiff mit seinem Anstrich aus schlecht sichtbarer Farbe.

"7.000 Fuß hoch", flüsterte Wilma und kauerte dicht neben mir. "Schau zu."

Das Schiff hatte ungefähr die gleiche Form wie die großen Luftschiffe des 20. Jahrhunderts, die ich gesehen hatte, aber ohne den aufgehängten Steuerkorb, ohne Motoren, ohne Propeller, ohne Ruder und ohne Höhenflugzeuge. Als es schnell näherkam, sah ich, dass es breiter und etwas flacher war, als ich angenommen hatte.

Jetzt konnte ich die Repellor-Strahlen sehen, die das Schiff in der Luft hielten, vergleichbar mit Suchscheinwerferstrahlen, die im hellen Tageslicht schwach sichtbar waren (und nachts für das menschliche Auge immer noch schwach sichtbar sind). Eigentlich war ich von meinen Ausbildern informiert worden, dass es zwei Strahlen gab. Der sichtbare Strahl wurde vom Schiffsapparat erzeugt und als "Träger"-Impulsstrahl auf den Boden gerichtet. Der wahre Repellor-Strahl, das Komplement des anderen in einem Sinne, der durch die Wirkung des "Trägers" ausgelöst wurde, reagierte in einer konzentrierten Aufwärtsrichtung von der Erdmasse aus. Er war von seiner Beschaffenheit her aufeinanderfolgend elektronisch, atomar und schließlich molekular, je nach den verschiedenen Verhältnissen des Abstands zwischen Erdmasse und "Träger"-Quelle, bis das Schiff selbst letztlich auf einer aufwärts strömenden Luftsäule auflag, ähnlich wie ein Ball, der sich ständig auf einem Fontänenstrahl abstützt.

Der Jäger näherte sich mit unglaublicher Geschwindigkeit. Seine Strahlung war in einem scharfen Winkel nach hinten gerichtet, sodass er mit enormer Dynamik vorwärts glitt.

Das Schiff bediente zwei Desintegratorstrahlen, wenn auch nur beiläufig und intermittierend. Aber immer, wenn sie mit blendendem Glanz nach unten blitzten, verschmolzen Wald, Felsen und Boden augenblicklich zu nichts, wo sie darauf einwirkten.

Als ich später die von diesen Strahlen hinterlassenen Narben inspizierte, fand ich sie etwa einen Meter tief und dreißig Meter breit, wobei die freiliegenden Oberflächen eine lavamäßige Textur aufwiesen, aber in einem blassen, schillernden, grünlichen Farbton.

Das Schiff machte jedoch keinen systematischen Gebrauch von den Strahlen, bis es einen Punkt über dem Zentrum des Tals erreichte - dem Zentrum der Aktivitäten der Bevölkerung. Dort kam es zu einem plötzlichen Stopp, indem es seine Repellor-Strahlen scharf nach vorne schoss und sie allmählich wieder in die Vertikale zurückwarf, wodurch das Schiff schwebend und bewegungslos gehalten wurde. Dann begann das Werk der Zerstörung systematisch.

Die Zerstörungsstrahlen wanderten hin und her und pflügten parallele Furchen von Hang zu Hang. Wir keuchten vor Entsetzen. Wilma und ich sahen, wie es immer wieder Abschnitte durchpflügte, von denen wir wussten, dass sich dort Lager oder Pflanzungen befanden.

"Das ist schrecklich", stöhnte sie, eine erschreckende Frage in ihren Augen. "Wie konnten sie den Standort so genau kennen, Tony? Haben Sie es gesehen? Sie waren nicht im Zweifel. Sie hielten an einer bestimmten Stelle inne - und es war genau die richtige Stelle."

Wir sprachen nicht darüber, was passieren könnte, wenn die Strahlen in unsere Richtung gelenkt würden. Wir wussten es beide. Wir würden uns in Sekundenbruchteilen in bloße elektronische Schwingungen zerlegen. Seltsamerweise war es dieses eigenständige Mädchen des 25. Jahrhunderts, das sich an mich klammerte - ein relativ primitiver Mann des 20. Jahrhunderts, der mit dem Gedanken an diese erschreckende Möglichkeit weniger vertraut war als sie -, um moralische Unterstützung zu erhalten.

Wir wussten, dass viele unserer Gefährten in diesen wenigen Augenblicken vor unseren Augen in die absolute Nichtexistenz befördert worden sein mussten. Das Ganze lähmte uns in geistiger und körperlicher Hinsicht für ich weiß nicht, wie lange.

Es konnte jedoch nicht lange gedauert haben, denn die Strahlen hatten nicht mehr als dreißig ihrer etwa sechs Meter langen Furchen durch das Tal gepflügt, als ich die Kontrolle über mich selbst wiedererlangte und Wilma zu sich selbst brachte, indem ich sie kräftig schüttelte.

"Wie weit schießt diese Raketenwaffe, Wilma?", fragte ich, indem ich meine Pistole zog.

"Das hängt von deiner Rakete ab, Tony. Es wird zwar die Rakete mit der größten Reichweite erfordern, aber man könnte aus einem längeren Rohr genauer schießen. Aber warum? Du könntest die Hülle des Schiffes nicht mit Raketengewalt durchdringen, selbst wenn du sie erreichen könntest."

Ich fummelte ungeschickt an meiner Raketentasche herum, denn ich war aufgeregt. Ich hatte eine Idee, die ich ausprobieren wollte. Mit Wilmas Hilfe wählte ich die Sprengstoffrakete mit der größten Reichweite in meinem Beutel aus und befestigte sie an meiner Pistole.

"Sie wird keine siebentausend Fuß hochfliegen, Tony", protestierte Wilma. Aber ich zielte sorgfältig. Es war ein weiterer Gedanke, der mir durch den Kopf ging. Der unterstützende Repellor-Strahl, so hatte man mir gesagt, hatte einen molekularen Charakter auf einer sogenannten logarithmischen Ebene von fünf (darunter war es ein rein elektronischer "Fluss" oder eine Pulsation zwischen der Quelle des "Trägers" und der durchschnittlichen Erdmasse).

Wenn ich unterhalb dieses Niveaus mein explosives Geschoss in diesen Strom schicken könnte, wo es anfing, materielle Substanz nach oben zu befördern, würde es dann nicht zusammen mit der Luftsäule aufsteigen, Geschwindigkeit aufnehmen und das Schiff mit genügend Wucht treffen, um das Geschoss durch die Hülle zu treiben? Es war auf jeden Fall einen Versuch wert. Wilma wurde auch sehr aufgeregt, als sie die Art meiner Inspiration begriff.

Fieberhaft sah ich mich nach einer Formation von Ästen um, auf denen ich die Pistole abstützen konnte, denn ich mußte sehr genau zielen. Endlich fand ich eine. Geduldig blickte ich auf den Rumpf des Schiffes weit über uns und zielte auf die andere Seite des Schiffes, in einem solchen Winkel, dass ich, so weit ich es abschätzen konnte, die Flugbahn meines Geschosses durch den vorderen Abwehrstrahl führen würde. Schließlich zitterte das Zielbild über den von mir anvisierten Punkt und ich drückte den Knopf sanft.

Einen Moment lang blickten wir atemlos.

Plötzlich schwenkte das Schiff wie auf einem Drehpunkt den Bug nach unten und oszillierte wie ein Pendel. Wilma schrie in ihrer Aufregung.

"Oh Tony, du hast es getroffen! Du hast es getroffen! Mach's noch mal; bring es runter!"

Wir hatten nur noch eine Rakete von extremer Reichweite zur Verfügung, und wir ließen sie in unserer Aufregung dreimal fallen, als wir sie in meine Waffe steckten. Dann zwang ich mich durch reine Willenskraft zur Ruhe, während Wilma sich ihre kleine Faust in den Mund stopfte, um nicht zu schreien, sah ich wieder genau hin und feuerte.

Die verstrichene Zeit des unsichtbaren Fluges der Rakete schien ein Zeitalter zu sein.

Dann sahen wir das Schiff fallen. Es schien träge zu stürzen, aber in Wirklichkeit fiel es mit einer ungeheuren Beschleunigung, drehte sich von einem Ende zum anderen, seine Desintegratorstrahlen waren außer Kontrolle, beschrieben riesige, wilde Bögen und schnitten einmal eine Spalte durch den Wald, weniger als zweihundert Meter von unserem Standort entfernt.

Der Aufprall, mit dem das schwere Fluggerät auf den Boden aufschlug, hallte von den Hügeln zurück - der Schwung von achtzehn- oder zwanzigtausend Tonnen, in einem Fall von siebentausend Fuß. Eine zerfetzte Metallmasse, die sich mit ausgleichender Gerechtigkeit inmitten des rauchenden, halb geschmolzenen Feldes der Zerstörung, das es so vorsätzlich gepflügt hatte, in den Boden eingrub.

Die Stille, die Leere der Landschaft war beklemmend, als die letzten Echos verhallten.

Dann sprang eine einzelne Gestalt weit den Abhang hinunter, jubelnd über den Laubschirm. Und in der Ferne eine weitere, und noch eine weitere.

In einem Augenblick wurde der Himmel von Signalraketen durchdrungen. Eine nach der anderen verwandelten sich die kleinen roten Puffs in treibende Wolken.

"Zerstreuen! Zerstreut euch!" rief Wilma aus. "In einer halben Stunde wird eine ganze Han-Flotte aus Nu-Yok und eine weitere aus Bah-Flo hier sein. Sie werden das sofort auf ihre Aufnahmegeräte und Standortfinder übertragen. Sie werden das ganze Tal und das Land in die Luft jagen, bis in die Ferne. Komm jetzt, Tony. Wir haben keine Zeit, die Gang zu mobilisieren. Sieh dir die Signale an! Wir müssen springen. Oh, ich bin so stolz auf dich!"

Über den Kamm gingen wir in weiten Sprüngen in Richtung Osten, dem Land der Delawares.

Von Zeit zu Zeit pufften Signalraketen in den Himmel. Die meisten von ihnen waren die "roten Warnungen", die "Zerstreuungs"-Signale. Aber von einigen der anderen, die Wilma als Wyoming-Raketen identifizierte, vermutete sie, dass derjenige, der das Kommando hatte (wir wussten nicht, ob der Boss noch lebte oder nicht), eine ultimative Flucht nach Süden anordnete, und so änderten wir unseren Kurs.

Es war sehr schade. Ich dachte, dass der Clan nicht die ganze Mitgliedschaft durchgehend mit Ultrophonen ausgestattet hatte, aber Wilma erklärte mir, dass noch nicht genug davon zur Verteilung gebaut worden waren, obwohl eine allgemeine Auslieferung innerhalb von ein paar Monaten in Betracht gezogen worden war.

Wir reisten weit, bevor die Nacht hereinbrach, und versuchten nur, so viel Abstand wie möglich zwischen uns und dem Tal zu bringen.

Als die einsetzende Dämmerung das Springen zu gefährlich machte, suchten wir einen bequemen Platz unter den Bäumen und verzehrten einen Teil unserer Notrationen. Es war das erste Mal, dass ich den Stoff - eine synthetische Substanz mit hohem Nährwert namens "concentro" - gekostet habe, die jedoch etwas bitter und unappetitlich war. Aber da nur ein Bissen oder so nötig war, spielte das keine Rolle.

Keiner von uns beiden hatte einen Umhang, aber wir waren beide sehr müde und glücklich, also kuschelten wir uns zusammen, um uns zu wärmen. Ich erinnere mich, dass Wilma eine schläfrige Bemerkung über unsere Paarung machte, als sie sich zusammenkuschelte, als ob die Sache geklärt wäre, und ich war überrascht, als ich die Idee sofort akzeptierte, denn ich hatte vorher nicht bewusst an sie gedacht. Aber wir schliefen beide unverzüglich ein.

Am Morgen fanden wir wenig Zeit für das Liebesspiel. Das praktische Problem, vor dem wir standen, war zu groß. Wilma hatte das Gefühl, dass der Plan von Wyoming darin bestehen müsse, sich auf das Gebiet der Susquanna zu verlegen, aber sie hatte ihre Zweifel an der Weisheit dieses Plans. In meiner Freude über den Erfolg, das Han-Schiff zum Absturz gebracht zu haben, und in meinem neu entdeckten Interesse an meiner charmanten Begleiterin hatte ich die unheilvolle Tatsache vergessen, dass das von mir zerstörte Han-Schiff den genauen Standort der Anlagen in Wyoming gekannt haben musste.

Dies bedeutete für Wilma entweder, dass die Hans neue, uns noch unbekannte Instrumente perfektioniert hatten, oder dass es irgendwo unter den Wyomings oder einer anderen nahegelegenen

Gang Verräter gab. In beiden Fällen, so argumentierte sie, würden andere Han-Razzien folgen, und da die Susquannas eine hoch entwickelte Organisation und mehr als gewöhnlich produktive Anlagen hatten, könnte man erwarten, dass der nächste Raubzug sie treffen würde.

Aber auf jeden Fall war es eindeutig unsere Aufgabe, so schnell wie möglich mit den anderen Flüchtlingen in Kontakt zu treten, und so setzten wir unseren Weg trotz der Muskelschmerzen, die durch die übermäßigen Sprünge vom Vortag entstanden, fort.

Wir reisten nur für ein paar Stunden, als wir eine mehrfarbige Rakete am Himmel sahen, etwa zehn Meilen vor uns.

"Halt dich links, Tony", sagte Wilma, "und lausche auf das Pfeifen."

"Warum?", fragte ich.

"Haben sie dir den Raketencode noch nicht gegeben?", antwortete sie. "Das ist es, was das Grün, gefolgt von Gelb und Violett bedeutet: sich fünf Meilen östlich der Raketenposition zu konzentrieren. Sie wissen, dass die Raketenposition selbst ein Feuerwerk an Strahlen auslösen könnte."

Es dauerte nicht lange, bis wir die Nähe des vorgegebenen Treffpunkts erreichten, obwohl wir nun unter den Bäumen unterwegs waren, mit nur gelegentlichem Sprung zu einem oberen Ast, um zu sehen, ob noch mehr Raketenrauch über uns schwebte. Und bald hörten wir in der Ferne ein Pfeifen.

Wir fanden etwa die Hälfte der Gang bereits dort, an einer Stelle, wo sie sich auf Bäumen hoch über einem kleinen Bach versammelt hatte. Der Big Boss und die Raid Bosses waren damit beschäftigt, die Überlebenden umzuorganisieren.

"Ihr zwei bleibt in meiner Nähe", sagte er und fügte grimmig hinzu: "Ich gehe sofort mit hundert ausgesuchten Männern ins Tal zurück, und ich werde euch brauchen.

6. EINE FALLE STELLEN

Innerhalb von fünfzehn Minuten waren wir auf dem Weg. Eine gewisse Vorsicht wurde der Schnelligkeit geopfert, und die Männer sprangen entweder über die Waldgrenze oder über offene Flächen weg, aber Konzentration war verboten. Der Big Boss bestimmte die Stelle am Berghang als Sammelpunkt.

"Wir müssen das Risiko eingehen, gesehen zu werden, solange wir uns nicht zu einer Gruppe formieren", erklärte er, "zumindest bis zu einem Umkreis von fünf Meilen um den Sammelplatz. Von da an möchte ich, dass jeder Mann aus dem Blickfeld verschwindet und in Deckung geht. Und lasst eure Ultrophone offen und schaltet die 10-4-7-6 ein."

Wilma und ich hatten unsere Kampfausrüstung vom Boss der Gears erhalten. Sie bestand aus einer Langwaffe, einer Handfeuerwaffe mit einer speziellen Munitionskiste aus Inertron, wodurch die Ladung nur ein paar Unzen wog, und einem kurzen Schwert. Diese Ausrüstung schnallten wir uns gegenseitig über die Schultern, über unsere Sprunggurte. Außerdem erhielten wir jeweils ein Ultraschallgerät und eine leichte Inertron-Decke, die in einen Zylinder von etwa sechs Zoll Länge und zwei oder drei Zoll Durchmesser gerollt wurde. Dieser Stoff war sehr dünn, aber er hatte eine beträchtliche Wärmefähigkeit, die auf die Mischung des Inertrons in seiner Zusammensetzung zurückzuführen war.

"Das sieht nach einem Geschäft aus", bemerkte Wilma zu mir mit funkelnden Augen. (Und ich könnte hier noch etwas Merkwürdiges erwähnen. Das Wort "Geschäft" hatte sich aus dem amerikanischen Vokabular des 20. Jahrhunderts erhalten, aber nicht mit der Bedeutung von "Industrie" oder "Handel", denn solche Dinge, die rein gemeinschaftliche Aktivitäten sind, wurden als "Arbeit" und "Verrechnung" bezeichnet. Geschäft bedeutete einfach nur Kämpfen, und das war alles).

"Hast du die ganze Ausrüstung aus dem Tal mitgebracht?", fragte ich den Chef der Gear.

"Nein", sagte er. "Es war keine Zeit, um irgendetwas zu bergen. All dieses Zeug haben wir vor ein paar Stunden von den Susquannas erhalten. Ich war mit dem Boss auf dem Weg hierher, und er ließ mich vorspringen und es arrangieren. Aber ihr beide solltet euch besser beeilen. Er winkt euch jetzt zu sich."

Hart wollte uns gerade anrufen, als wir nach oben sahen. Kaum hatten wir das getan, sprang er weg und winkte uns, ihm zu folgen.

Er war ein mächtiger Mann, und er wagte sich in langen, schnellen, flachen Sprüngen an das Ufer des Flusses, der zu diesem Zeitpunkt einen ziemlich geraden Verlauf nahm. Indem wir uns jedoch streckten, waren Wilma und ich in der Lage, ihn einzuholen.

Während wir unsere Sprünge nach und nach mit seinen synchronisierten, skizzierte er uns zwischen den Grunzlauten, die jeden Sprung begleiteten, seinen Aktionsplan.

"Wir müssen mit dem großen Geschäft beginnen - früher oder später", sagte er. "Und wenn - äh - die Hans einen Weg gefunden haben, unsere Positionen zu bestimmen - äh - es ist Zeit, jetzt zu beginnen, obwohl der Rat der Bosse - äh - einige Jahre warten wollte, bis genügend Raketenschiffe - äh - gebaut worden sind. Aber ganz gleich, welches Opfer - wir können es uns nicht leisten, uns von ihnen in die Flucht schlagen zu lassen - wir werden den gelben Teufeln im Tal eine Falle stellen, wenn sie zurückkommen, um ihre Wrackteile zu holen - und wenn sie es nicht tun, werden wir nach einigen ihrer Linienschiffe suchen - auf dem Kurs Nu-yok, Glee-lan, Sikaga. Wir können deine Idee, den Abwehrschirm aufzuschießen, nutzen ... äh ... Strahlen. Wir möchten, dass du uns eine Demonstration gibst."

Mit weiterer Ermahnung, ihm genau zu folgen, erhöhte er sein Tempo, und Wilma und ich wurden bis zum Äußersten gefordert, um mit ihm Schritt zu halten. Erst beim Aufstieg auf den Hängen konnte ich mit meinen härteren Muskeln sein größeres Können aufwiegen, und ich konnte für ihn das Tempo bestimmen, wie ich es auch für Wilma getan hatte.

Wir schliefen in dieser Nacht in größerer Behaglichkeit unter unseren Inertrondecken und machten uns mit der Dämmerung auf den Weg und sprangen vorsichtig auf den Gipfel des Bergkamms, von dem aus man das Tal, das Wilma und ich verlassen hatten, überblicken konnte.

Der Boss tastete den Himmel mit seinem Ultroskop ab, nahm sich geduldig etwa fünfzehn Minuten Zeit für die Aufgabe und nahm dann sein Telefon in Gebrauch, telefonierte die Runde ab und gab den Männern ihre Anweisungen.

Sein erster Befehl war, dass wir alle unsere Ohr- und Brustscheiben in eine permanente Position bringen sollten.

Diese Ultrophone waren ganz anders als die, die Wilmas begleitende Aufklärerin an dem Tag benutzte, als ich sie vor dem Angriff der Banditengang rettete. Dieses war vollständig in einer kleinen Tasche untergebracht. Sie bestand aus einem Paar von Ohrscheiben, jede ein separates und unabhängiges Empfangsgerät, das in kleine Taschen über unsere Ohren in den Stoffhelmen, die wir trugen, gesteckt wurde und praktisch alle Fremdgeräusche abschirmte. Die Brustscheiben waren ebenfalls in sich geschlossene Sendesätze, die einige Zoll unterhalb des Halses an die Brust geschnallt und durch die Vibrationen der Stimmbänder über das Körpergewebe betätigt wurden. Die Gesamtreichweite dieser Sätze betrug etwa achtzehn Meilen. Der Empfang war bemerkenswert klar, ziemlich frei von den Störungen der Radios des 20. Jahrhunderts und von einer Stärke, die in direktem Verhältnis zur Entfernung des Sprechers stand.

Das Gerät des Bosses hatte dreifache Leistung, sodass seine Befehle sich in alle lokalen Gespräche einschalteten, die jedoch nur mit großer Zurückhaltung und nur zum Zweck der Kontaktpflege geführt wurden.

Ich staunte über die Effizienz dieser modernen Methode der Kampfkommunikation im Gegensatz zu den ungeschickten Signalgeräten der älteren Zeit; und auch über andere militärische Unterschiede, bei denen die Methoden des 20. und 25. Jahrhunderts in ihrer Effizienz genau das Gegenteil waren. Diese modernen Amerikaner wussten zum Beispiel wenig über den Nahkampf und natürlich nichts über den Grabenkrieg. Und bis zu meinem jüngsten Geistesblitz hatte anscheinend niemand von ihnen jemals an das Verfahren gedacht, eine Rakete in einen Abwehrstrahl zu schießen und den Strahl selbst in den wichtigsten Teil des Han-Schiffes aufwärts schleudern zu lassen.

Hart stellte seine Männer geduldig auf, indem er zuerst den Lagerleitern seine Anweisungen gab und dann still blieb, während sie die Personen platzierten.

Am Ende wurden die hundert Männer im Tal, an den Hängen und auf den Gipfeln ringförmig aufgestellt, jeder in einer Position, von der aus er eine gute Sicht auf das Wrack des Han-Schiffes hatte. Aber während des ganzen Prozesses war, soweit ich sehen konnte, kein Mann in Sichtweite gekommen.

Der Boss erklärte mir, dass es seine Idee war, dass er, Wilma und ich das Wrack untersuchen sollten. Sollten Han-Schiffe am Himmel auftauchen, würden wir auf die Hänge springen.

Ich schlug ihm vor, dass die Männer ihre Langwaffen auf einem imaginären Kreis um das Wrack herum aufstellen sollten. Damit beschäftigte er sich, nachdem wir drei auf das Han-Schiff hinuntergesprungen waren und selbst als Zielscheibe dienten, während er die Männer einzeln aufforderte, ihre Waffen auszurichten und sie in Position zu bringen.

In der Zwischenzeit kletterten Wilma und ich in das Wrack, fanden aber nicht viel. Praktisch alle Instrumente und Maschinen waren aus ihrem erkennbaren Rahmen herausgerissen oder durch die Strahlen der Desintegrationsanlage des Schiffes, die offenbar inmitten der verzerrten Überreste noch einige Momente nach dem Absturz weiter funktionierte, völlig zerstört worden.

Es war eine unangenehme Arbeit, die verstümmelten Körper der Besatzung zu durchsuchen. Aber es musste getan werden. Die Kleidung der Han war, wie ich beobachtete, ganz anders als die der Amerikaner, und eher wie das Gewand, an das ich in der früheren Phase meines Lebens gewöhnt war. Sie bestand aus synthetischen Stoffen wie Seide, lockeren und bequemen Hosen in Knielänge und ärmellosen Hemden.

Man brauchte keinen Schutz, außer dem gegen Zugluft, erklärte mir Wilma, denn die Han-Städte waren völlig eingekapselt, mit herrlichen Vorkehrungen für Belüftung und Heizung. Diese Vorkehrungen waren natürlich auch in ihren Luftschiffen vorhanden. Die Hans hatten in der Tat eine ziemliche Abneigung gegen schattenloses Tageslicht, da ihr Beleuchtungsapparat eine kontrollierte Menge an ultravioletten Strahlen ausstrahlte, was das unveränderte Sonnenlicht für die Gesundheit unnötig und für den Komfort unerwünscht machte. Da die Hans nicht über das Geheimnis des Inertrons verfügten, trug keiner von ihnen Antigravitationsgürtel. Doch obwohl sie jederzeit ihr eigenes volles Gewicht tragen mussten, waren sie den Amerikanern physisch weit unterlegen. Sie lebten ein Leben der physischen Trägheit, hatten Maschinen jeder Art für die Ausführung aller Arbeiten und bequeme Transportmittel für jede Fortbewegung von mehr als ein paar Schritten.

Sogar aus dem verbogenen Wrack dieses Schiffes konnte ich erkennen, dass Sitze, Stühle und Sofas eine äußerst wichtige Rolle in ihrem Leben spielten.

Aber keiner der Körper war übergewichtig. Sie schienen die Körper von Männern in guter Gesundheit zu haben, aber sie waren muskulös sehr unterentwickelt. Wilma erklärte mir, dass sie die Wissenschaft der Drüsenkontrolle und natürlich auch die Diätetik so weit beherrschten, dass Männer und Frauen unter ihnen nicht selten das Alter von hundert Jahren erreichten, mit einem ausgezeichneten Zustand der Arterien und der allgemeinen Gesundheit.

Ich hatte jedoch keine Zeit, das Schiff und seinen Inhalt so sorgfältig zu studieren, wie ich es mir gewünscht hätte. Die Zeit drängte, und es war unsere Aufgabe, einen Hinweis auf die tödliche Genauigkeit zu finden, mit der das Schiff die Anlagen in Wyoming entdeckt hatte.

Kaum hatte der Boss seine Vorbereitungen für das Ring-Sperrfeuer abgeschlossen, kündigte einer der Späher auf einer Erhebung im Norden die Annäherung von sieben Han-Schiffen an, die in einem großen Halbkreis angeordnet waren.

Hart sprang auf den Hügel und forderte uns auf, es ihm gleich zu tun, aber Wilma und ich hatten die Klappen unserer Helme hochgeklappt und unsere "Lautsprecher" für ein Gespräch zwischen uns ausgeschaltet, und als wir entdeckten, was geschehen war, waren die Schiffe bereits deutlich sichtbar, so schnell näherten sie sich.

"Sprung!" hörten wir den Befehl des Bosses, "Nach Norden gehen. Rogers nach Osten."

Aber Wilma schaute mich ernsthaft an und zeigte auf die Stelle, wo die verbogenen Platten des Schiffes, die aus dem Boden ragten, einen Schutz boten.

"Zu spät, Boss", sagte sie. "Sie würden uns sehen. Außerdem glaube ich, dass es hier etwas gibt, das wir uns ansehen sollten. Es ist wahrscheinlich ihr magnetischer Graph."

" Ich glaube, du unterschreibst dein Todesurteil", warnte Hart.

"Wir werden es riskieren", sagten Wilma und ich zusammen.

"Gut so", antwortete der Boss. "Dann übernimm das Kommando, Rogers, vorläufig. Kennt ihr alle seine Stimme, Jungs?"

Ein Chor der Zustimmung klingelte in unseren Ohren, und ich begann, schnell zu denken, als das Mädchen und ich uns in der verschlungenen Masse aus Metall versteckten.

"Wilma, such diese Platte", sagte ich, da ich wusste, dass ich durch den einfachen Vorgang des Sprechens das gesamte Kommando ständig über die Situation auf dem Laufenden halten konnte. "An den Hängen des Hügels halten Sie Ihre Geschütze auf die Kreislinien gerichtet und halten sich bereit. Auf den Bergkuppen, wie viele seid ihr da? Sprecht im Wechsel mit Bald Knob nach Osten, Norden, Westen."

Die Männer riefen der Reihe nach ihre Namen. Es waren zwanzig von ihnen.

Ich teilte sie namentlich ein, um die verschiedenen Han-Schiffe zu überwachen, wobei die Letzteren von links nach rechts durchnummeriert wurden.

"Richtet unsere Raketen auf ihre Abwehrstrahlen auf etwa drei Viertel des Weges nach oben, zwischen dem Schiff und dem Boden. Das Ziel ist wichtiger als die Höhe. Verfolgt diese Strahlen mit eurem Ziel kontinuierlich. Schießt, wenn ich es euch sage, nicht vorher. Deering hat den Vortritt. Die Hans haben uns wahrscheinlich nicht gesehen, oder denken zumindest, dass wir nur zu zweit im Tal sind, da sie sich niedersetztten, ohne Desintegratoren zu benutzen. Irgendwelche Meinungen?"

Meine Ohrscheiben blieben still.

"Deering und ich werden hier bleiben, bis sie landen und aussteigen. Haltet euch bereit und seid wachsam."

Schnell und einfach ließen sich die größten der Han-Schiffe auf der Erde nieder. Drei erkundeten scharf den Süden und stiegen auf eine höhere Ebene auf. Die anderen schwebten bewegungslos in etwa tausend Fuß Höhe.

Als wir durch einen kleinen Spalt zwischen zwei Platten schauten, sahen wir, wie der riesige Schiffsrumpf voll auf der Linie der geplanten Ringfeuerlinie zur Ruhe kam. Eine Tür klappte ein paar Meter vom Boden entfernt auf, und nach und nach kam die Besatzung heraus.

7. DAS "WYOMING-MASSAKER".

"Sie kommen aus dem Schiff." Ich sprach leise mit der Hand über dem Mund, aus Angst, sie könnten mich hören. "Eins-zwei-drei-drei-vier-fünf-sechs-sechs-sieben-acht-neun. Das scheint alles zu sein. Wer weiß, wie viele Männer ein solches Schiff wohl befördern kann?"

"Ungefähr zehn, wenn keine Passagiere mitfahren", antwortete einer meiner Männer, wahrscheinlich einer von denen am Berghang.

"Wie sind sie bewaffnet?", fragte ich.

"Nur Messer", kam die Antwort. "Sie erlauben keine Handstrahler auf dem Schiff. Sie haben Angst vor Unfällen. Haben eine Anordnung dagegen."

"Dann überlasst sie uns", sagte ich, "denn ich hatte einen Plan im Kopf. "Ihr, die ihr an den Hängen steht, übernehmt die Schiffe oben. Gebt das Ringziel auf. Teilt euch im Training bezüglich der Abwehrstrahlen auf. Ihr, auf den Bergkuppen, übt alle mit diesen Abwehrstrahlen der Schiffe im Süden. Schießt auf mein Wort, aber nicht vorher.

"Wilma, krabbel zu deiner Linken, wo du einen direkten Sprung zur Tür des Schiffes machen kannst. Diese Männer laufen alle in einer Reihe um das Wrack herum. Wenn sie auf der anderen Seite sind, gebe ich das Kommando und du springst mit einem Satz durch die Tür. Ich folge dir. Vielleicht werden wir nicht gesehen. Wir überwältigen die Wache im Inneren, aber erschießen sie nicht. Vielleicht entkommen wir so, dass wir von der Crew und den Schiffen oben nicht entdeckt werden. Sie können nicht über dieses Wrack hinaussehen."

Es war so einfach, dass es zu schön schien, um wahr zu sein. Die Hans, die aus dem Schiff ausgestiegen waren, liefen träge um das Wrack herum, sprachen in Kehllauttönen, interessierten sich sehr für das Wrack, aber sie waren ziemlich arglos.

Endlich waren sie auf der anderen Seite des Schiffes. Gleich würden sie sich den Weg in das Wrack bahnen.

"Wilma, spring!" Ich flüsterte fast den Befehl.

Die Entfernung zwischen Wilmas Versteck und der Tür an der Seite des Han-Schiffes betrug nicht mehr als fünfzehn Fuß. Sie kauerte bereits mit den Füßen gegen einen Metallbalken abgestützt. Als sie den Auftrieb des Inertron-Gürtels in ihre Berechnung einbezog, tauchte sie mit dem Kopf voran, wie ein Geschoss, durch die Tür. Ich folgte ihr in einem Sekundenbruchteil, unbeholfener, aber nicht weniger schnell, wobei ich mir die Schulter schmerzhaft verletzte, als ich vom Rand der Öffnung abprallte und gegen das ohnmächtige Mädchen rutschte; denn sie hatte offenbar ihren Kopf gegen die Trennwand im Schiff gestoßen, in das sie hineingekracht war.

Wir hatten im Inneren des Schiffes Geräusche gemacht. Schlurfende Schritte näherten sich auf einer gut beleuchteten Gangway.

"Wurden wir beobachtet?", fragte ich meine Männer an den Hängen.

"Noch nicht", hörte ich den Boss antworten. "Die Schiffe über uns stehen noch. Es sind keine Strahlen ausgetreten. Die Männer am Boden sind im Wrack verschwunden. Die meisten sind außer Sichtweite in das Wrack geklettert."

"Gut", sagte ich schnell. "Sie schlug sich den Kopf an. Ausgeknockt. Ein oder mehrere Mitglieder der Besatzung nähern sich. Wir sind noch nicht entdeckt worden. Ich werde mich um sie kümmern. Bleibt noch etwas stehen, aber seid bereit."

Ich glaube, meine letzten Worte müssen von dem Mann, der sich näherte, gehört worden sein, denn er hielt plötzlich an.

Ich kauerte auf der anderen Seite des Raums, regungslos. Ich würde mein Schwert nicht ziehen, wenn da nur einer von ihnen wäre.

Anscheinend beruhigt durch das Ausbleiben weiterer Geräusche, kam ein Mann um eine Art Schottwand herum - und ich schnellte los.

Dabei schwang ich meine Beine vor mir hoch, erwischte ihn voll im Bauch und schlug ihn bewusstlos.

Ich rannte vorwärts entlang der Gangway am Kiel und suchte nach dem Kontrollraum. Ich fand ihn weit oben in der Nase des Schiffes. Und er war verlassen. Was konnte ich tun, um die Steuerung des Schiffes zu blockieren, das von den Aufzeichnungsgeräten der anderen Schiffe nicht registriert werden würde? Ich blickte auf die Menge der Bedienelemente. Hebel und Räder in Hülle und Fülle. In der Mitte des Abteils, auf einer massiv verstrebten Kardanaufhängung, befand sich das, was ich für den Repellor-Generator hielt. Eine Skala an ihm glühte, und ein schwaches Summen kam aus dem Inneren seines abschirmenden Metallgehäuses. Aber ich hatte keine Zeit, es zu untersuchen.

Vor allem befürchtete ich, dass in dem Raum ein automatisches Gerät existierte, durch das ich auf den anderen Schiffen gehört werden könnte. Das Risiko, die Kontrollen zu blockieren, war zu groß. Ich gab die Idee auf und zog mich leise zurück. Ich musste das Risiko eingehen, dass sich kein anderes Besatzungsmitglied an Bord befand.

Ich rannte zurück in den Eingangsbereich. Wilma lag immer noch dort, wo sie zusammengebrochen war. Ich hörte die Stimmen des Hans, der sich näherte. Es war Zeit zu handeln. Die nächsten Sekunden würden zeigen, ob die Schiffe in der Luft versuchen würden oder imstande wären, uns in das Nichts zu schmelzen.

"Seid ihr Jungs alle bereit?", fragte ich und schlich mich an eine Stelle gegenüber der Tür und zog meine Pistole.

Wieder gab es einen Chor der Zustimmung.

"Bei drei schießt ihr die Strahlen ab, und zwar alle, und um Himmels willen, schießt nicht daneben." Ich begann, in den Begriffen zu denken, die die anderen im Allgemeinen benutzten - "dis" für Desintegrator, "rep" für Abwehr. Und ich zählte.

Ich glaube, meine "Drei" war etwas schwach. Ich weiß, dass ich den ganzen Mut aufbringen musste, um sie auszusprechen.

Für einen quälenden Moment passierte nichts, außer dass der Landungstrupp vom Schiff in meine Sichtweite schlenderte.

Dann, erschrocken, richteten sich ihre Augen nach oben. Einen Augenblick lang standen sie vor Entsetzen erstarrt vor dem, was sie sahen.

Einer schleuderte sein Messer auf mich. Es streifte meine Wange. Dann machten sich einige von ihnen auf den Weg zur Tür. Der Rest folgte. Aber ich feuerte aus nächster Nähe mit meiner Handfeuerwaffe, drückte den Knopf so schnell ich konnte und zielte auf ihre Füße, um sicherzustellen, dass meine Sprengstoffraketen Kontakt aufnehmen und ihre Arbeit tun würden.

Die Detonationen meiner Raketen waren ohrenbetäubend. Die Stelle, an der der Hans stand, blitzte in einem blendenden Licht auf. Dann gab es dort nichts mehr, außer ihren zerrissenen und verstümmelten Leichen. Sie waren ziemlich zusammengewürfelt worden, und ich hatte sie alle erwischt.

Ich rannte zur Tür und erwartete, dass ich jeden Augenblick von einem Strahl ins Unendliche geschleudert würde.

Etwa eine Achtel Meile entfernt sah ich eines der Schiffe auf die Erde stürzen. Ein Dis-Strahl kam in meine Blickrichtung, schwankte für einen Moment unsicher und begann dann direkt auf das Schiff zuzufegen, in dem ich stand. Aber er erreichte es nicht mehr. Plötzlich schoss er, wie ein Licht erlischt, zur Seite, und einen Augenblick später stürzte ein weiterer riesiger Schiffsrumpf auf die Erde. Ich schaute hinaus und stieg dann auf den Boden.

Die einzigen Han-Schiffe am Himmel waren zwei der Späher im südlichen Teil, die senkrecht hingen und langsam nach unten sanken. Die anderen waren wohl abgestürzt, während ich durch den Lärm der Explosion meiner eigenen Raketen betäubt war.

Jemand traf den anderen Richtstrahl eines der beiden verbliebenen Schiffe, und es fiel außer Sichtweite hinter einen Hügel.

Das andere, weiter entfernte, trieb schräg nach unten, wobei sein Strahl gefährlich über dem Boden unter ihm fuhr.

Ich schrie vor Jubel und Erleichterung.

"Übernimm das Kommando wieder, Boss!", schrie ich.

Seine Kommandos, bei denen er Springer zur Verfolgung des absteigenden Schiffes aussandte, klingelten in meinen Ohren, aber ich hörte nicht auf sie. Ich sprang zurück in das Abteil des Han-Schiffes und kniete neben meiner Wilma. Ihr gepolsterter Helm hatte einen Großteil des Schlages absorbiert, glaubte ich; andernfalls hätte ihr Schädel vielleicht gebrochen sein können.

"Oh, mein Kopf!", stöhnte sie, kam zu sich, als ich sie sanft in meine Arme nahm und mit ihr ins Freie ging. "Wir müssen gewonnen haben, Liebster, nicht wahr?"

"Das haben wir ganz sicher", beruhigte ich sie. "Bis auf einen stürzten alle ab, und dieser treibt nach Süden. Den, in dem wir sind, haben wir intakt erobert. Es war nur ein Besatzungsmitglied an Bord, als wir eingriffen."

Weniger als eine Stunde später befahl der Big Boss der Einheit, auf drei dreiundzwanzig Uhr ein Ultrophon einzuschalten, um eine übersetzte Übertragung des Han-Geheimdienstbüros in Nu-Yok von der Station Susquanna zu empfangen. Es handelte sich um eine öffentliche Warnung und eine Nachricht.

"Dies ist das Büro des öffentlichen Nachrichtendienstes in Nu-Yok, das eine Warnung an die Navigatoren von Privatschiffen und Nachrichten von öffentlichem Interesse sendet. Das Geschwader von sieben Schiffen, das heute Morgen Nu-Yok verlassen hat, um die kürzliche Zerstörung der GK-984 im Wyoming-Tal zu untersuchen, wurde durch eine Reihe von mysteriösen Explosionen zerstört, die denen ähneln, die die GK-984 zerstörten.

"Die Telefone, Anzeigetafeln und alle anderen Signalgeräte von fünf der sieben Schiffe hörten ungefähr im gleichen Moment plötzlich auf zu funktionieren, etwa im Moment 7-4-9." (Nach dem Han-Rechnungssystem der Zeitrechnung siebenundneunundvierzig ein Hundertstel nach Mitternacht). "Nach heftigen

Störungen wurden die Ortungsgeräte außer Betrieb gesetzt. Die auf das Gebiet des Wyoming-Tals angewandten Elektroaktivitätsregister sind nach wie vor tot."

"Das Nachrichtendienstbüro hat keine Hinweise auf die Art der Katastrophe, die das Geschwader überrollte, außer gewisse Beweise für die explosiven Phänomene, die denen im Fall des GK-984 ähnlich sind, das kürzlich beim Beamen des Tals in einem systematischen Versuch, die Anlagen und Lager der Stammesangehörigen auszulöschen, ums Leben kam. Das Amt hält die Schlussfolgerung, dass die Stammesangehörigen eine neue, noch nicht bekannte Angriffstechnik auf Luftschiffe entwickelt haben, für naheliegend und hat den Himmelsgeborenen empfohlen, der Abteilung für Navigationsaufklärung unverzüglich und uneingeschränkt die Befugnis zu erteilen, diese Technik zu untersuchen und eine Verteidigung gegen sie zu entwickeln.

"In der Zwischenzeit fordert es, dass die privaten Navigatoren dieses Gebiet besonders meiden und sich im Allgemeinen so eng wie möglich an die offiziellen Routen zwischen den Städten halten, die jetzt von der gesamten Streitmacht des Militärbüros patrouilliert werden, das die Routen großzügig auf eine Breite von zehn Meilen ausdehnt. Das Militärbüro berichtet, dass es derzeit keine Vergeltungsangriffe gegen die Stammesangehörigen in Erwägung zieht. Die Abteilung für Navigationsaufklärung ist der Ansicht, dass dem öffentlichen Interesse besser gedient ist, wenn nicht in naher Zukunft weitere Beweise für die Art der Katastrophe erbracht werden, und zwar zu geringeren Lebenskosten durch wissenschaftliche Untersuchungen als durch Vergeltungsversuche, die die Zerstörung aller beteiligten Schiffe zur Folge haben könnten. Solange also keine weiteren Beweise vorliegen oder die Himmelsgeborenen nichts Gegenteiliges befehlen, wird das Militär an einer defensiven Politik festhalten.

"Inoffizielle Andeutungen von Lo-Tan besagen, dass der Himmelsrat die Angelegenheit prüft.

"Das Navigation Intelligence Office erlaubt die Ausstrahlung der folgenden Zusammenfassung seiner detaillierten Beobachtungen.

"Das Geschwader hat sich zu einer Position über dem Wyoming Valley begeben, wo das Wrack der GK-984 bekanntermaßen lag, wie aus den Aufzeichnungen des Standortfinders hervorgeht, bevor es vor Kurzem abgestürzt ist. Dort registrierten die unteren Projektoskoprelais aller Schiffe das Wrack der GK-984. Aufnahmen des Wracks und der Talmulde zeigten keine Hinweise auf die Anwesenheit von Stammesangehörigen. Weder die Schiffsregister noch die Basisregister zeigten irgendeinen Hinweis auf Elektroaktivität, außer von der Staffel selbst. Auf Befehl des Kommandanten des Basisgeschwaders kundschafteten die LD-218, LK-745 und LG25 in 8.000 Fuß Höhe nach Süden. Die GK-43, GK-981 und GK-220 standen in einer Höhe von 2.500 Fuß und die GK-18 landete, um die persönliche Inspektion des Wracks durch das Wissenschaftskomitee zu ermöglichen. Die Gruppe landete und ließ einen Mann an Bord in der Kontrollkabine zurück. Er stellte alle Projektoskope auf Universal-Fokus ein, mit Ausnahme von RB43" (dies bedeutete das dritte Projektoskop vom Bug des Schiffes aus, auf der rechten Seite des Unterdecks), "mit dem er der Landegruppe auf dem Weg um das Wrack herum folgte.

"Das erste abnormale Phänomen, das von einem der Instrumente in der Basis aufgezeichnet wurde, war das automatisch vom Projektoskop RB-4 der GK-18 übertragene Phänomen, das, als die Gruppe hinter dem Wrack verschwand, zwei grüne Raketen von ungefähr zylindrischer Form aufzeichnete, die aus dem Wrack in den Landebereich des Schiffes projiziert wurden. Bei einer so geringen Entfernung waren diese nicht klar erkennbar, da der universelle Fokus, auf den das Projektoskop eingestellt war, nicht präzise genug ist. Der Basiskapitän von GK-18 befahl dem Mann im Kontrollraum sofort, die Sache zu untersuchen, und sah, wie er den Kontrollraum unter Einhaltung dieses Befehls verließ. Einen Augenblick später erreichten verwirrende Geräusche das Elektrophon im Kontrollraum, wie sie z.B. von einem schwer fallenden Mann erzeugt werden könnten, und Schritte näherten sich dem Kontrollraum, wobei eine Gestalt den Kontrollraum eilig betrat und verließ. Der Basis-Kapitän glaubt nun, und die Bilder der Fotoaufzeichnung unterstützen seine Annahme, dass dies nicht das Besatzungsmitglied war, das im Kontrollraum zurückgelassen wurde. Bevor der Basiskapitän mit ihm sprechen konnte, verließ er den Raum, und auf das Aufmerksamkeitssignal, das der Kapitän durch das ganze Schiff schickte, wurde auch keine Reaktion gegeben.

"Zu diesem Zeitpunkt zeigte das Projektoskop RB-3 des Schiffes, das nun nicht mehr scharf eingestellt war, schwach den Landungstrupp, der zum Schiff zurückging. RBA zeigte es deutlicher. Dann wurden auf diesen beiden Instrumenten eine Reihe von explosiven, blendenden Sprengstoffen in rascher Folge gesehen, und die Elektrophonrelais registrierten gewaltige Erschütterungen; die elektronischen Geräte des Schiffes und die Projektoskope gingen kaputt.

"Berichte der Basisbeobachter und Führungskräfte der anderen Schiffe, unterstützt durch die Fotoaufzeichnungen, zeigen, dass die Explosionen inmitten des Landetrupps stattfanden, als dieser, offensichtlich arglos, zum Schiff zurückkehrte. Dann zeigen sie in rascher Folge an, dass sich innerhalb und außerhalb der drei Schiffe, die oben in der Nähe ihrer Strahlungsgeneratoren standen, furchtbare Explosionen ereignet haben, und alle Signale von diesen Schiffen gingen daraufhin verloren.

"Von den drei Schiffen, die den Süden erkundeten, erlitt die LD-248 im gleichen Moment das gleiche Schicksal. Ihre Aufzeichnungen tragen wenig zum Wissen über die Katastrophe bei. Aber bei der LX-745 und der LG-25 war es anders.

"Die Relaisinstrumente der LK-745 zeigten die Zerstörung durch eine Explosion des hinteren Rep-Strahlengenerators an, und das Schiff hing für einen kurzen Augenblick am Heck und schwankte wie ein Pendel. Die vorderen Sichtscheiben und Anzeigen haben nicht aufgehört zu funktionieren, aber ihre Aufzeichnungen sind chaotisch, mit Ausnahme eines Projektoskops, das noch die Talsohle und die fallende GK-981 zeigt, aber keine sichtbaren Anzeichen von Stammesangehörigen. Die Anzeigetafel des Kontrollraums zeigt ebenfalls eine chaotische Aufzeichnung des Sturzes der Schiffsbesatzung, die zur Rückwand stürzte.

Dann explodierte der vordere Strahlungsgenerator, und alle Signale gingen verloren.

"Das Schicksal der LG-25 war ähnlich, außer dass dieses Schiff mit der Nase nach unten herabhing und mit dem Wind südwärts trieb, während es langsam außer Kontrolle geriet.

"Da der Kontrollraum zertrümmert wurde, war ein mündlicher Bericht des Action Captain nicht möglich. Die Aufzeichnung der rückwärtigen Innenansichten zeigt Mitglieder der Besatzung, die auf den hinteren Strahlengenerator kletterten, um zu versuchen, ihn manuell zu steuern und den Auftrieb zu erhöhen. Die Projektoskoprelais, die in weiten Bögen schwangen, registrierten außer an den Enden ihrer Schwingungen wenig von Bedeutung. Eines davon, das von einer Maschine stammt, die zufällig im Teleskopfokus eingestellt war, zeigt mehrere Ansichten von erheblichem Wert, in denen die Stürze der anderen Schiffe dargestellt sind, und alle Aufzeichnungen des hinteren Projektoskops ermöglichen eine detaillierte Rekonstruktion der Pendel- und Torsionsbewegungen des Schiffs und seines Durchhängens zur Erde. Aber keine der Ansichten, die den Wald unten zeigen, enthält irgendeinen Hinweis auf die Anwesenheit von Stammesangehörigen. Eine letzte Explosion setzte das Schiff in einer Höhe von 1.000 Fuß und an einem Punkt vier Meilen südwestlich des Zentrums des Tals außer Gefecht.

Die Nachricht endete mit einer Wiederholung der Warnung an die anderen Luftschiffer, das Tal zu meiden.

8. EIN UNGLAUBLICHER VERRAT

Nach Erhalt dieses Berichts und der Zusicherung der Unterstützung durch die Big Bosse der benachbarten Gangs beschloss Hart, die Gemeinschaft des Wyoming Valley wieder aufzubauen.

Eine sorgfältige Untersuchung des Gebietes ergab, dass nur die nördlichen Abschnitte und Hänge vom ersten Han-Schiff "gebeamt" worden waren.

Die Anlage für synthetische Stoffe war teilweise ausradiert worden, obwohl die unteren Ebenen unter der Erde vom Strahl nicht erreicht worden waren. Der darüber liegende Waldschirm war jedoch vernichtet worden, und man war entschlossen, diese Stelle aufzugeben, nachdem alle brauchbaren Maschinen und Beweise für die Prozesse, die für die Han-Wissenschaftler von Interesse sein könnten, entfernt worden waren, falls sie in Zukunft ins Tal zurückkehren sollten.

Die Munitionsfabrik und die Raketenschiffanlage, die zum Zeitpunkt des Angriffs gerade in Betrieb genommen wurden, waren intakt, ebenso wie die anderen wichtigen Anlagen.

Hart brachte den Big Camboss von den Swquanna-Werken herbei und legte neue Lagerstandorte an, verstreute sie weiter südlich und vermied den Boden, der von den Han-Strahlen und den unmittelbaren Standorten der Han-Wracks versengt worden war.

Während dieser Zeit wurden die Nachrichten der Han genauestens überprüft, denn die Telefonanlage war eine der ersten, die in Betrieb genommen worden war, und als sich herausstellte, dass die Hans keine sofortigen Repressalien beabsichtigten, wurde die gesamte Gemeinschaft zurückbeordert, und das normale Leben wieder aufgenommen.

Wilma und ich hatten am Tag nach der Zerstörung der Schiffe geheiratet und verbrachten die Zeit dazwischen mit wunderschönen Flitterwochen und dem Zelten hoch in den Bergen. Nach unserer Rückkehr hatten wir natürlich ein eigenes Lager. Wir wurden dem Standort 1017 zugewiesen. Und wie zu erwarten war, gab es eine Menge Geplänkel darüber, wer von uns der Camp Boss war. Der Titel stand nach meinem Namen in den Aufzeichnungen des Big Boss und natürlich nach denen des Big Camboss, aber Wilma war der Ansicht, dass dies überhaupt nichts bedeutete - und es gelang ihr im Allgemeinen, mich dazu zu bringen, es zuzugeben, wann immer sie wollte.

Ich fand mich nun als vollwertiges Mitglied der Gang, denn ich hatte mich dafür entschieden, nicht weiter nach einem dauerhaften Verband zu suchen, so sehr ich mich auch gerne mit diesem Leben im 25. Jahrhundert in anderen Teilen des Landes vertraut gemacht hätte.

Die Wyomings hatten eine hohe Moral und waren unter der Herrschaft von Big Boss Hart viele Jahre lang erfolgreich gewesen. Aber viele der Gangs, so fand ich, waren schlecht organisiert, hatten keine starken Männer an der Spitze und waren voller Intrigen. Im Großen und Ganzen hielt ich es für klug, bei einer Gruppe zu bleiben, die ihre Freundlichkeit bereits unter Beweis gestellt hatte und in der ich Aussichten auf einen Aufstieg zu haben schien. Unter diesen modernen sozialen und wirtschaftlichen Bedingungen war die Art von individueller Freiheit, an die ich im 20. Jahrhundert gewöhnt war, unmöglich. Dieses ganze moderne Leben, so schien es mir, war von meinem alten Standpunkt aus betrachtet, nach dem ausgerichtet, was ich "politisch" nannte. Und in diesem Zusammenhang stellte ich amüsiert fest, wie universell der Gebrauch des Wortes "Boss" geworden war. Die Beziehungen zu seinen Anhängern waren ebenso wenig formell wie im Falle des politischen Oberhauptes des 20. Jahrhunderts, und seine Anhänger zollten ihm den gleichen hohen Respekt und die gleiche hohe Wertschätzung hinsichtlich ihrer Interessen. Er war aber genauso sehr ein Alleinherrscher und hing für die Aufrechterhaltung seiner Alleinherrschaft ebenso sehr von der allgemeinen Popularität seiner Handlungen ab.

Der Unterboss, der die Loyalität seiner Anhänger nicht erzwingen konnte, wurde ebenso schnell abgesetzt, entweder von ihnen oder von seinen Vorgesetzten, wie der alte Bezirksleiter des 20. Jahrhunderts, der die Mehrheit seiner Wählerstimmen verlor.

Wie die Gesellschaft im 20. Jahrhundert organisiert war, konnte das System meines Erachtens nur politisch funktionieren. Ich zittere bei dem Gedanken, was passiert wäre, wenn man versucht hätte, die A.E.F. während des Ersten Weltkrieges so zu führen, statt durch jene rigide militärische Disziplin und die vollständige Vereinnahmung des Individuums als bloßes standardisiertes Rädchen in der Maschine.

Aber aufgrund des jahrhundertelangen schrecklichen Leidens, das das Volk durch die Herrschaft der Hans ertragen musste, entwickelte sich ein Geist der Aufopferungsbereitschaft und der Rücksichtnahme auf das Gemeinwohl, der das Schema in allen Formen der menschlichen Zusammenarbeit anwendbar und effizient machte.

Ich empfinde dies alles jedoch als ein wenig ketzerisch. Meine Kollegen betrachten diesen Gedanken mit ebenso viel Entsetzen, wie viele würdige Menschen des 20. Jahrhunderts angesichts jeder ketzerischen Andeutung empfanden, dass der ursprüngliche Regierungsentwurf, wie er in der Ersten Verfassung festgelegt ist, nicht so gut auf die Bedingungen des 20. Jahrhunderts wie für die des frühen 19. Jahrhunderts anwendbar waren.

In späteren Jahren hatte ich das Gefühl, dass es eine gewisse Aufweichung der moralischen Gesinnung des Volkes gab, da die Hans mit all ihren Werken endgültig vernichtet worden waren; und die Amerikaner hatten eine neue Luxuswirtschaft entwickelt. Ich habe Anzeichen für ein Wiedererwachen der Gier, des Egoismus gesehen. Der ewige Kreislauf ist offensichtlich in Gang gekommen. Ich befürchte, dass langsam, aber sicher wieder privater Reichtum auftritt, dass sich unflexible Regeln entwickeln; auf sie werden Korruption und Verfall folgen; und am Ende wird irgendein katastrophales Ereignis diese Ära beenden und eine neue einleiten.

All dies entfernt sich jedoch von meiner Geschichte, die unsere frühen Kämpfe gegen die Hans betrifft, und nicht unsere moderneren Probleme der Selbstkontrolle.

Unser Sieg über die sieben Schiffe der Han hatte das Land in Brand gesteckt. Das Geheimnis war den anderen Gangs sorgfältig mitgeteilt worden, und das Land wurde von einem Ende zum anderen unruhig. In den Munitionsfabriken herrschte fieberhaftes Treiben, und die Jagd auf streunende Han-Schiffe wurde zu einem begeisterten Sport. Die Ergebnisse waren für unsere Erzfeinde katastrophal.

Von der Pazifikküste kam die Meldung, dass ein großes Transpazifik-Linienschiff mit 75.000 Tonnen Auftrieb aus einer unsichtbaren Position über den Wolken zur Erde gebracht wurde. Ein Dutzend Sacramentos hatte die verschwommenen Umrisse seiner Strahlen eingefangen, die in der Dämmerung wie geisterhafte Säulen, welche in den Himmel ragten, frontal auf sie zukamen. Sie hatten mit Leichtigkeit Raketen in sie hinein gefeuert, wohingegen sie Schwierigkeiten gehabt hätten, sie zu treffen, wenn die Strahlen sich im rechten Winkel zu ihrer Position bewegt hätten. Sie erwischten einen Repräsentantenstrahl. Der andere war nicht stark genug, um das Schiff aufrecht zu halten. Es schwebte mit der Nase nach unten zur Erde, und da es unbewaffnet und ungepanzert war, hatten sie keine Schwierigkeiten, es in Stücke zu schießen und seine Besatzung und Passagiere zu massakrieren.

Von den Küsten von Jersey erhielten wir die Nachricht von der Zerstörung eines Nu-Yok-A-lan-a-Linienschiffs. Die Sandscharfschützen, die in ihrer sandfarbenen Kleidung praktisch unsichtbar und entlang der Strände halb eingegraben waren, lagen tagelang auf der Lauer, riskierten das Spiel der Desintegratorstrahlen entlang der Route und verzeichneten schließlich vier Treffer innerhalb einer Woche. Die Hans stellten ihren Dienst entlang dieser Route ein und schickten als Beweis dafür, dass sie von unserem Erfolg schwer erschüttert waren, keine Räuber an die Strände.

Ein paar Wochen später schickte Big Boss Hart nach mir.

"Tony", sagte er, "es gibt zwei Dinge, über die ich mit dir sprechen möchte. Eines davon wird, glaube ich, in wenigen Tagen Allgemeingut werden. Wir werden keine weiteren Han-Schiffe bekommen, indem wir ihre Repräsentantenstrahlen beschießen, es sei denn, wir verwenden viel größere Raketen. Sie sind jetzt schlau geworden. Sie bauen in die Rümpfe ihrer Schiffe unter den Strahltriebwerken eine sehr dicke Panzerung ein. In der Nähe von Bah-Flo schoss heute Morgen eine Gruppe von Eries ohne Erfolg auf eines. Die Explosionen haben sie gestört, sind aber nicht durchgedrungen. Soweit wir ihren Berichten entnehmen können, haben ihre Labors eine neue Legierung von großer Zugfestigkeit und Elastizität entwickelt, die die Repräsentantenstrahlen dennoch wie ein Sieb durchlassen. Unsere Berichte zeigen, dass die Raketen der Eries harmlos abprallten. Der größte Teil der Gruppe wurde ausgelöscht, als die Strahlen auf sie niedergingen.

"Das wird für alle Gangs schon bald ein echtes Geschäft sein. Die Big Bosse haben gerade einen landesweiten Ultrophon-Rat abgehalten. Es wurde beschlossen, dass sich Amerika auf landesweiter Basis organisieren muss. Der erste Schritt ist die Entwicklung einer Sektionsorganisation nach Zonen. Ich bin zum Superboss der Midatlantischen Zone ernannt worden.

"Jetzt sind wir dran. Die Hans werden mit Sicherheit Vergeltungsexpeditionen starten, und wir müssen sie von unseren Lagern und Werken fernhalten. Ich denke daran, eine ständige Kampftruppe aufzubauen, nach dem Vorbild der regulären Armeen des 20. Jahrhunderts, von denen du mir erzählt hast. Ihre Aufgabe wird eine doppelte sein: die Kriegsführung so weit wie möglich zu den Hans zu tragen und als Lockvogel zu dienen, um ihre Aufmerksamkeit von unseren Werken fernzuhalten. Dabei werde ich deine Hilfe brauchen.

"Die andere Sache, über die ich mit dir sprechen wollte, ist diese:

"Erstaunlich und unmöglich, wie es scheint, gibt es irgendwo unter uns eine Gruppe oder vielleicht eine ganze Gang, die uns an die Hans verrät. Vielleicht sind es die Bad Bloods, oder es ist eine dieser Gangs, die in der Nähe einer der Han-Städte lebt. Weißt du, vor einhundertfünfzehn oder zwanzig Jahren gab es einige Vorfahren dieser Leute, die sich mit den Hans paarten und ihnen manchmal als Sklaven dienten, in den Tagen, bevor sie ihre gesamte Dienstmaschinerie zur Perfektion gebracht haben.

"Es gibt eine solche Gang, die Nagras, in der Nähe von Bahflo, und eine andere in Mid-Jersey, die die Männer Pineys nennen. Aber ich verdächtige eigentlich nicht die Pineys. Es gibt wenig intelligente Leute unter ihnen. Sie hätten weder die Informationen, die sie dem Hans geben könnten, noch wären sie in der Lage, sie weiterzugeben. Sie sind absolut Wilde."

"Welche Beweise gibt es, dass jemand Informationen an die Hans weitergegeben hat?", fragte ich.

"Nun", antwortete er, "zunächst einmal war da dieser Überfall auf uns. Das erste Schiff der Han wusste genau, wo sich unsere Anlagen befanden. Du erinnerst dich, dass es direkt über dem Tal in Position schwebte und systematisch gebeamt hat. Dann haben die Hans ganz offensichtlich herausgefunden, dass wir ihre elektrophonischen Wellen auffangen, denn sie sind zu ihrem alten, aber äußerst präzisen System der Richtfunksteuerung zurückgekehrt. Aber wir haben sie in der letzten Woche durch die Installation automatischer Übertragungseinheiten entlang der Narbenstraßen erhalten. So nennen wir die Landstreifen direkt unter den regulären Schiffsrouten der Hans, die sie vorsichtshalber häufig mit ihren Dis-Strahlen beschießen, um das Wachstum von Laub zu verhindern, das uns Schutz bieten könnte. Aber sie haben diese Wege so hart bestrahlt, dass es so aussieht, als hätten sie sogar Kenntnis von unserer Strategie. Und außerdem haben sie einen Code benutzt. Schließlich haben wir drei ihrer Nachrichten aufgefangen, in denen sie mit einer gewissen Nervosität über die Existenz unseres 'mysteriösen' Ultrophons sprechen.

"Aber sie wissen immer noch nichts über die Natur und die Kontrolle der Ultraschall-Aktivität?" fragte ich.

"Nein", sagte der Big Boss nachdenklich, "sie scheinen kein bisschen darüber zu wissen."

"Dann ist es ganz klar", vermutete ich, "dass derjenige, der uns an sie ausliefert, dies nur stückweise tut. Das klingt eher nach einem gelegentlichen Tauschhandel als nach einem gegenseitigen Bündnis. Sie halten so viele Informationen wie möglich für zukünftige Tauschgeschäfte zurück, vielleicht.

"Ja", sagte Hart, "und es sind keine Informationen, die die Hans im Gegenzug geben, sondern irgendeine Form von Gütern oder Privilegien. Der Trick wäre, die Waren zu lokalisieren. Ich muss wohl eine persönliche Reise zu den großen Bossen machen."

9. DIE HAN-STADT

Dieses Gespräch hat mich nachdenklich gemacht. Die gesamte elektrophonische Kommunikation der Han war für die Amerikaner seit vielen Jahren eine offene Aufzeichnung, und die Hans waren gerade dabei, dies herauszufinden. Jahrhundertelang hatten sie uns nicht als eine Art Bedrohung angesehen. Zweifellos war es ihnen nie in den Sinn gekommen, ihre eigenen Aufzeichnungen geheim zu halten. Irgendwo in Nu-Yok oder Bah-Flo, oder möglicherweise in Lo-Tan selbst, würden die Aufzeichnungen über diese verräterische Transaktion mehr oder weniger offen abgelegt werden. Wenn wir nur dazu kommen könnten! Ich fragte mich, ob eine Razzia nicht möglich wäre.

David Hearn und ich sprachen mit unserem Han-Affairs-Chef und seinen Experten darüber. Es folgten mehrere Tage der Recherche, in denen die Han-Aufzeichnungen des gesamten Jahrzehnts gescannt und analysiert wurden. Am Ende wurde eine Fülle von Details herausgegriffen und zu einem sehr genauen Bild des großen zentralen Archivierungsbüros der Hans in Nu-Yok zusammengefügt, in dem die gesamte Menge an offiziellen Aufzeichnungen aufbewahrt wurde, die ständig für eine sofortige Projektdurchleuchtung in jedem beliebigen Büro der Stadt zur Verfügung standen, sowie des Systems, mit dem die Informationen abgelegt wurden.

Der Versuch begann, machbar zu erscheinen, obwohl Hart die Idee sofort ablehnte, als ich sie ihm zum ersten Mal vorstellte. Es sei undenkbar, sagte er. Ein reiner Selbstmord. Aber am Ende habe ich ihn überzeugt.

"Ich brauche", sagte ich, "Blash, der mit dem Bibliothekssystem der Han gründlich vertraut ist; Bert Gaunt, der sich seit Jahren auf ihre Militärämter spezialisiert hat; Bill Barker, den Strahlenspezialisten und den besten Swooper-Piloten, den wir haben". Swoopers sind Ein- und Zweimann-Schiffe, die von den Amerikanern entwickelt wurden, mit Skelett-Rückgrat aus Inertron (während des Krieges grün gestrichen, um gegen die grünen Wälder darunter unsichtbar zu sein) und "Bäuchen" aus klarem Ultron.

"Das wird wohl Mort Gibbons sein", sagte Hart; "Wir haben nur noch drei Swoopers, Tony, aber ich werde einen von ihnen riskieren, wenn du und die anderen freiwillig ihr Leben riskieren. Aber Vorsicht, ich werde keinen von Ihnen drängen oder befehlen, zu gehen. Ich werde jedem Werkschef sofort Bescheid sagen, dass er dir alles, was du an Ausrüstung brauchst, geben soll.

Als ich Wilma von dem Plan erzählte, erwartete ich, dass sie gewalttätige und weinerliche Einwände erheben würde, aber das tat sie nicht. Sie war aus weitaus härterem Stoff gemacht als die Frauen des 20. Jahrhunderts. Nicht, dass sie nicht genauso viel weinen konnte, oder gelegentlich genauso launisch sein konnte; aber sie würde aus den gleichen Gründen nicht weinen.

Sie warf mir nur einen unergründlichen Blick zu, in dem ein wenig Stolz zu stecken schien, und fragte eifrig nach den Einzelheiten. Ich gestehe, dass ich etwas enttäuscht war, dass sie meinen Verlust so mutig riskieren konnte.

Wir waren bereit, im Morgengrauen des nächsten Morgens davon zu gleiten. Ich hatte Wilma in unserem Lager zum Abschied geküsst, und nach einer abschließenden Konferenz über unsere Pläne gingen wir an Bord unseres Schiffes und glitten sanft über die Baumwipfel auf einem Kurs davon, der uns, nachdem wir drei Routen der Han-Schiffe gekreuzt hatten, über den Atlantik vor der Küste von Jersey hinausführen würde, von wo aus wir über Nu-Yok vom Ozean her auftauchen würden.

Zweimal mussten wir mit der Nase voraus nach unten gehen und bewegungslos auf dem Boden in der Nähe einer Route bleiben, während die Han-Schiffe passierten. Das waren angespannte Momente. Hätte man den grünen Rücken unseres Schiffes bemerkt, wären wir in einer Sekunde aufgelöst gewesen. Aber so war es nicht.

Sobald wir jedoch über dem Wasser waren, schraubten wir uns in einer großen Spirale mit einem Durchmesser von zehn Meilen nach oben, bis unser Höhenmesser zehn Meilen registrierte. Hier schaltete Gibbons seinen Raketenantrieb ab, und wir schwebten weit über dem Niveau der atlantischen Luftschiffe, deren Kurs ohnehin weiter nördlich von uns lag, und warteten auf den Einbruch der Nacht.

Dann drehte Gibbons sich von seiner Steuerung weg, lange genug, um mich anzugrinsen.

"Ich habe eine Überraschung für dich, Tony", sagte er und warf den Deckel eines vermutlich großen Vorratskoffers zurück. Und mit einem Seufzer der Erleichterung stieg Wilma aus dem Koffer.

"Wenn du in die Nulllinie gehst" (ein üblicher Ausdruck des Tages für die Vernichtung durch den Desintegratorstrahl), "glaubst du doch nicht, dass ich dich allein gehen lasse, oder, Tony? Ich habe gestern Abend meinen Ohren nicht geglaubt, als du davon sprachst, ohne mich zu gehen, bis mir klar wurde, dass du in vielerlei Hinsicht immer noch fünfhundert Jahre hinter der Zeit zurückliegst. Weißt du nicht, mein Herz, dass du mir die größte Beleidigung vorgeschlagen hast, die ein Ehemann einer Frau zufügen kann? Das hast du natürlich nicht absichtlich getan."

Die anderen, so schien es, waren alle in das Geheimnis eingeweiht worden. Bei Einbruch der Dunkelheit manövrierten wir zu einer Position direkt über der Stadt. Das dauerte einige Zeit und brauchte einige Berechnungen seitens Bill Barker, der mir erklärte, dass er unseren Standort mit Hilfe von Ultraschallpeilungen bestimmen müsse. Er befürchtete, dass der geringste Rückgriff auf ein elektronisches Instrument von den Ortungsgeräten unserer Feinde entdeckt werden könnte. Tatsächlich wagten wir es nicht, unseren Swooper tiefer als fünf Meilen zu bringen, weil wir befürchteten, dass seine Leistungsfähigkeit in ihren Instrumenten angezeigt werden könnte.

Schließlich gelang es ihm jedoch, sich über dem zentralen Turm der Stadt zu positionieren.

"Wenn meine Berechnungen bis zu drei Meter daneben liegen", bemerkte er selbstbewusst, "dann fresse ich den Turm. Nun liegt der Rest bei dir, Mort. Sieh zu, was du tun kannst, um das Schiff ruhig zu halten. Nein - hier, schau auf diesen Indikator - den roten Balken, nicht den grünen. Schau - wenn du ihn genau in der Mitte der Nadel hältst, ist alles in Ordnung. Die Breite des Balkens entspricht sieben Metern. Die Plattform des Turms hat eine Fläche von fünfzig Fuß, also haben wir einen guten Spielraum zum Arbeiten."

Mehrere Male sahen wir zu, wie Gibbons sich über seine Hebel beugte und sie ständig mit geschickten Fingerbewegungen verstellte. Nach einem leichten Schwanken blieb der Balken auf der Nadel zentriert.

"Jetzt", sagte ich, "lassen wir uns fallen."

Ich öffnete die Klappe und schaute nach unten, schloss sie aber schnell wieder, als ich fühlte, wie die Luft aus dem Schiff in die dünne Atmosphäre eines Sturzbachs rauschte. Gibbons schrie buchstäblich einen Protest von seinem Armaturenbrett her.

"Ich habe es vergessen", murmelte ich. "Wie dumm von mir. Natürlich müssen wir aus dem Abteil springen."

Das Abteil, auf das ich mich bezog, ähnelte denen in einigen U-Booten des 20. Jahrhunderts. Wir alle betraten es. Es gab kaum Platz für uns, um Seite an Seite zu stehen. Mit einigen Anstrengungen schlüpften wir in unsere speziellen Lufthelme und stellten den Druck ein. Auf unser Signal hin saugte Gibbons die Luft im Abteil aus und pumpte diese in den Schiffskörper, und als die kleine Signallampe blinkte, warf Wilma die Luke auf.

Beim Einstellen der Ultron-Drahtspule kletterte ich durch und begann, sanft nach unten zu rutschen.

Wir hatten natürlich alle unsere Gurte an, die auf ein Gewichtsverhältnis von nur wenigen Unzen eingestellt waren. Und die fünf Meilen lange Rolle mit dem Ultrondraht, die uns führen sollte, war von hauchdünner Feinheit, doch ich glaube, sie hätte das volle Gewicht von uns fünf Personen getragen, so stark und zäh war dieses unsichtbare Metall. Als zusätzliche Vorsichtsmaßnahme, da der Draht aus reinstem Metall bestand und daher selbst bei Tageslicht völlig unsichtbar war, hatten wir alle unsere Gürtel an kleinen Ringen eingehängt, die am Draht herunterrutschten.

Ich ging mit dem Drahtende nach unten. Wilma folgte ein paar Meter über mir, dann Barker, Blash und Gaunt. Gibbons blieb natürlich zurück, um das Schiff in Position zu halten und die Ausgabe der Schnur zu kontrollieren. Wir hatten alle unsere Ultrophone in unseren Lufthelmen angebracht und konnten uns so miteinander und mit Gibbons unterhalten. Aber auf Wilmas Vorschlag hin, obwohl wir den Big Boss gerne zuhören lassen wollten, haben wir sie auf kurze Entfernungen eingestellt, aus Angst, dass diejenigen, die sich mit den Hans abgesprochen hatten und gegen die wir auf einer Razzia nach Beweisen waren, unser Gespräch ebenfalls aufgreifen könnten. Wir hatten keine Angst, dass die Hans uns hören würden. Tatsächlich hatten wir den zusätzlichen Vorteil, dass wir uns auch nach der Landung frei unterhalten konnten, ohne dass die Gefahr bestand, dass sie unsere Stimmen durch unsere Lufthelme hörten.

Eine Zeit lang konnte ich unten nichts als völlige Dunkelheit sehen. Dann wurde mir klar, dass wir durch eine Wolkenschicht sanken, und zwar sowohl aus der Luft als auch aus allem anderen. Wir gingen durch zwei weitere Wolkenschichten, bevor wir etwas sehen konnten.

Dann tauchte in etwa zwei Meilen Tiefe einer der schönsten Anblicke auf, die ich je gesehen habe: die sanfte und doch strahlende Leuchtkraft der großen Han-Stadt Nu-Yok. Jeder Meter ihrer Gebäudeteile schien in einem wunderbaren Schein zu glühen, Turm auf Turm, und alles auf der riesigen Grundfläche der Stadt gebaut, die, wie mir gesagt wurde, von der Oberfläche der Flüsse bis zu einer Höhe von 728 Stufen aufstieg.

Die Stadt, so bemerkte ich mit einiger Überraschung, bedeckte nicht annähernd die gleiche Fläche wie das New York des 20. Jahrhunderts. Sie nahm in der Tat nur die untere Hälfte von Manhattan Island ein, wobei ein Abschnitt den East River überspannte und sich so weit über das ehemalige Brooklyn erstreckte, dass er Anlegeplätze für die großen Linienschiffe und andere Flugzeuge bot.

Direkt unter meinen Füßen lag ein winziger dunkler Fleck. Es schien der einzige Fleck in der ganzen Stadt zu sein, der nicht vor Licht glühte. Dies war der zentrale Turm, in dessen oberen Stockwerken die riesige Bibliothek mit den Akten und die Hauptprojektoskopanlage untergebracht waren.

"Du kannst jetzt den Draht abfeuern", ultrophonierte ich Gibbons und ließ den kleinen, beschwerten Knopf los. Der Draht fiel wie ein Senkblei ab, und wir folgten ihm mit beachtlicher Geschwindigkeit, bremsten aber den Abstieg mit behandschuhten Händen ausreichend ab, um zu sehen, ob der Knopf, auf dem ein schwaches Licht als Signal für uns selbst leuchtete, von irgendeiner Han-Wache oder einem Nachtschwärmer beobachtet werden könnte. Anscheinend war das nicht der Fall, und wir schossen erneut mit beschleunigter Geschwindigkeit herunter.

Wir landeten auf dem Dach des Turms ohne jegliches Missgeschick und, zum Glück für unseren Plan, in der Dunkelheit. Da sich über dem Turm nichts befand, was es sich gelohnt hätte, beleuchtet zu werden, oder von dem aus man den Turm hätte beobachten müssen, hatten die Hans es versäumt, das Turmdach zu erhellen oder es überhaupt zu besetzen. Das war der Grund, warum wir es als Landeplatz ausgewählt hatten.

Sobald Gibbons unser Zeichen erhielt, löschte er das Licht am Knopf aus, und der Knopf sowie der Draht wurden völlig unsichtbar. Auf unser ultrophones Signal hin würde er es wieder anzünden.

"Keine Schießereien", warnte ich. "Nur mit dem Schwert, und dann nur, wenn es absolut notwendig ist."

Dicht gedrängt und so leicht, wie es nur Menschen mit Inertron-Gürteln konnten, gingen wir vorsichtig durch eine Tür und über eine schräge Ebene hinunter auf den Boden unter uns, wo Gaunt und Blash uns versicherten, dass sich die Militärbüros befänden.

Zweimal warnte uns Barker, dass wir stehen bleiben sollten, als wir gerade vor spiegelartigen "Fenstern" in der Durchgangswand vorbeikamen, und als wir uns auf den Boden fallen ließen, krochen wir an ihnen vorbei.

"Projektoskope", sagte er. "Wahrscheinlich nur auf automatische Aufzeichnung, zu dieser Zeit der Nacht. Trotzdem wollen wir keine Aufzeichnungen hinterlassen, die sie nach unserem Weggehen studieren können."

"Warst du schon einmal hier?", fragte ich.

"Nein", antwortete er, "Aber ich habe nicht sieben Jahre lang ihre Elektrophon-Kommunikation studiert, ohne diese Maschinen zu erkennen, wenn ich ihnen über den Weg laufe."

10. DER KAMPF IM TURM

Bisher hatten wir noch keinen Han gesehen. Der Turm schien verlassen zu sein. Blash und Gaunt versicherten mir jedoch, dass mindestens ein Mann in den Militärbüros "im Dienst" sein würde, obwohl er wahrscheinlich schlief, und zwei oder drei in der Bibliothek selbst und in der Projectoskop-Anlage. "Wir müssen sie außer Gefecht setzen", sagte ich. "Hast du die Drogenbüchsen mitgebracht, Wilma?"

"Ja", sagte sie, "zwei für jeden. Hier", und sie verteilte sie.

Wir waren nun zwei Ebenen unter dem Dach, und zwar an dem Punkt, an dem wir uns trennen mussten.

Ich wollte Wilma nicht aus den Augen lassen, aber es war notwendig.

Nach unserem Plan sollte Barker zur Projectoskop-Anlage, Blash und ich zur Bibliothek und Wilma und Gaunt zum Militärbüro gehen.

Blash und ich durchquerten einen langen Korridor, und ich hielt an der großen gewölbten Tür der Bibliothek inne. Vorsichtig spähte ich hinein. An drei großen Schalttafeln saßen die Mitarbeiter der Bibliothek. Gelegentlich griff einer von ihnen faul nach einem Hebel oder drückte schläfrig einen Knopf, während kleine nummerierte Lichter an- und ausblinkten. Sie beantworteten Anrufe nach Elektrographen- und Sichttafelaufzeichnungen zu allen möglichen Themen aus allen Teilen der Stadt.

Ich informierte meine Begleiter über die Situation.

"Warte lieber noch ein bisschen", fügte Blash hinzu. "Die Anrufe werden bald nachlassen."

Wilma berichtete, dass ein Offizier im Militärbüro schlief.

"Dann gib ihm die Dose", sagte ich.

Barker sollte nichts weiter tun, als in der Projectoscope-Anlage Wache zu halten, und wenige Augenblicke später meldete er sich gut versteckt, mit einem ausgezeichneten Blick auf den Gang.

"Ich glaube, wir können jetzt ein Wagnis eingehen", sagte Blash zu mir, und auf mein Nicken hin öffnete er den Deckel seiner Drogendose. Natürlich wirkten die Dämpfe nicht durch unsere Helme auf uns ein. Sie waren absolut ohne Geruch oder Sicht, und in wenigen Sekunden waren die Bibliothekare bewusstlos. Wir traten in den Raum.

Es folgten beträchtliche behutsame Durchsuchungen und Experimente seitens Gaunt, der im Militärbüro wirkte, und Blash in der Bibliothek; während Wilma und ich mit gezückten Schwertern und abgestimmten Mikrofonen Wache hielten und gelegentlich in nahe gelegenen Korridoren patrouillierten.

"Ich höre, dass sich etwas nähert", sagte Wilma nach einer Weile mit aufgeregter Stimme. "Es ist ein leises, gleitendes Geräusch."

"'Das ist irgendwo ein Aufzug", sprach Barker vom Boden des Projektoskops aus. "Kannst du es lokalisieren? Ich kann es nicht hören."

"Es ist östlich von mir", antwortete sie.

"Und westlich von mir", sagte ich und fing ihn schwach auf. "Es ist zwischen uns, Wilma, und näher an dir als an mir. Sei vorsichtig. Hast du schon irgendwelche Informationen, Blash - Gaunt?"

"Ich bekomme sie jetzt", antwortete einer von ihnen. "Gib uns noch zwei Minuten."

"Dann macht weiter", sagte ich. "Wir halten Wache."

Das leise, gleitende Geräusch hörte auf.

"Ich glaube, es ist sehr nah bei mir", flüsterte Wilma fast. "Komm näher, Tony. Ich habe das Gefühl, dass etwas passieren wird. Ich habe noch nie erlebt, dass meine Nerven ohne Grund so angespannt sind."

In einer Art Alarmstimmung stürzte ich mich mit großem Sprung den Korridor hinunter zur Abzweigung, von der aus ich wusste, dass ich Wilma sehen konnte.

Mitten in meinem Sprung registrierte mein Ultraschallgerät ihren Alarmruf. Im nächsten Augenblick glitt ich zu einem Halt an der Kreuzung, um Wilma zu sehen, wie sie sich zur Tür des Militärbüros zurückzog, ihr Schwert war blutrot und eine leblose Gestalt auf dem Korridorboden. Zwei weitere Hans kreisten mit bösartig aussehenden Messern zu beiden Seiten von ihr, während ein dritter, der nach der prunkvollen Bekleidung zu urteilen offensichtlich ein hoher Offizier war, verzweifelt an einem Elektrophon-Instrument in einer klobigen Tasche fummelte. Sollte er tatsächlich Alarm schlagen, war nicht abzusehen, was uns zustoßen würde. Ich war mindestens sieben Meter weit weg, aber ich hockte mich tief hin und sprang mit aller Kraft meiner Beine. Es wäre richtiger zu sagen, dass ich tauchte, denn ich erreichte den Kerl wie ein Schwimmer mit dem Kopf voran, ohne dass ich versuchte, meine Beine unter mir herzuziehen.

Irgendein Instinkt musste ihn gewarnt haben, denn er drehte sich plötzlich um, als ich nahe an ihm vorbeischrammte. Aber zu diesem Zeitpunkt war ich am Boden gelandet und hatte mich steif gemacht, um zu verhindern, dass ein herabhängendes Knie oder ein schleifender Fuß mich daran hindern könnte, ihn zu erreichen. Ich führte meine Klinge nach oben und wieder zurück.

Es war ein brutaler Hieb, der ihn aufschlitzte, ihn von der Leiste bis zum Kinn halbierte, und sein Körper kippte auf mich, als ich zu einem wirren Halt kam.

Die beiden anderen drehten sich erschrocken um. Wilma sprang sofort und schlug einen mit einem Seitenhieb nieder. Ich sah in diesem Augenblick hoch, und die verwirrende Angst in seinem Gesicht, die er während ihres Sprunges hatte, war deutlich zu sehen. Der Han wusste nichts von unseren Inertron-Gürteln, so schien es, und unsere Sprünge und Sturzflüge erfüllten ihn mit Schrecken.

Als ich mich aufrichtete, sprang Wilma, mit einer Selbstsicherheit und Geschwindigkeit, die ich selbst in dieser Krise bewundern konnte, erneut. Diesmal sprang sie mit dem Kopf voran, wie ich es getan hatte, und mit einem wunderbar ausgeführten Stoß stach sie den letzten Han durch die Kehle.

Unsicher kletterte sie auf die Füße, taumelte seltsam und sank dann sanft auf dem Korridor zu Boden. Sie war in Ohnmacht gefallen.

Zu diesem Zeitpunkt berichteten Blash und Gaunt voller Freude, dass sie den von uns gewünschten Datensatz hatten.

"Zurück in den Raum, alle Mann!", befahl ich, als ich Wilma in meine Arme nahm. Mit ihrem Inertrongürtel fühlte sie sich leicht an wie eine Feder.

Gaunt gesellte sich sofort vom Militärbüro zu mir, und an der Abzweigung des Korridors trafen wir auf Blash, der auf uns wartete. Barker war jedoch nicht zu sehen.

"Wo bist du, Barker?" Ich rief.

"Nur zu", antwortete er. "Ich bin sofort bei dir auf dem Dach."

Wir kamen ohne weiteres Missgeschick nach draußen, und ich wies Gibbons im Schiff an, den Knopf am Ende des Ultradrahts anzuzünden. Er blinkte dumpf auf, ein paar Meter von uns entfernt. Wie er das Schiff so rangieren konnte, dass unser Ende der Leine in Position blieb, ohne dass es in einem gewaltigen Bogen schwang, habe ich nie verstehen können. Wäre die Nacht nicht ungewöhnlich ruhig gewesen, hätte er die anfangs pendelartigen Bewegungen nicht kontrollieren können. Aber Gibbons war ein Experte mit seltenen Fähigkeiten und Fingerspitzengefühl im Umgang mit einem Raketenschiff, und es gelang ihm mithilfe seiner empfindlichen Instrumente, das Driften fast zu erspüren, bevor es den feinen Ultradraht beeinträchtigte, und es gelang ihm, das Driften mit kleinen Verlagerungen der Schiffsposition zu neutralisieren.

Blash und Gaunt befestigten ihre Ringe an dem Draht, und ich hängte meinen eigenen und den von Wilma an. Aber als ich mich umsah, stellte ich fest, dass Barker immer noch fehlte.

"Barker, komm!", rief ich. "Wir warten."

"Ich komme!", antwortete er, und tatsächlich erschien in diesem Moment seine Gestalt die Rampe hinauf. Er kicherte, als er seinen Ring am Draht befestigte, und sagte etwas über eine kleine Überraschung, die er für die Hans hinterlassen hatte.

"Spule den Draht nicht weiter als ein paar Hundert Meter auf", wies ich Gibbons an. "Es wird zu lange dauern, ihn ganz aufzuwickeln. Wir schweben hoch, und wenn wir an Bord sind, können wir ihn abwerfen."

Um hochzuschweben, mussten wir auf ein oder zwei Pfund Gewicht pro Person verzichten. Wir schleuderten unsere Schwerter von uns weg und zogen unsere Schuhe aus, als Gibbons die Leine ein wenig aufrollte, und dann ließen wir den Draht los und begannen, mit zunehmender Geschwindigkeit entlang unserer Ringführung nach oben zu sausen.

Der Luftstrom brachte Wilma zu sich, und ich erklärte ihr eiligst, dass wir erfolgreich gewesen waren. Weit unter uns konnte ich nun unseren schwach glänzenden Knopf in einem sich immer weiter ausdehnenden Bogen hin und her schwingen sehen, als er das schwarze Quadrat des Turmdachs überquerte und erneut überflog. Als zusätzliche Vorsichtsmaßnahme befahl ich Gibbons, das Licht auszuschalten und nur eins am Bauch des Schiffes anzuschalten, denn unsere Geschwindigkeit war jetzt so groß, dass ich anfing zu befürchten, dass wir Schwierigkeiten haben würden, uns selbst zu kontrollieren. Wir fielen buchstäblich nach oben, und zwar mit einer unglaublichen Beschleunigung.

Glücklicherweise hatten wir mehrere Minuten Zeit, um diese Situation zu bewältigen, die seltsamerweise keiner von uns vorhergesehen hatte. Es war Gibbons, der die Antwort fand.

"Es wird alles gut, wenn jeder von euch den Draht festhält, wenn ich das Kommando gebe", sagte er. "Zuerst fange ich an, ihn mit voller Geschwindigkeit einzuholen. Ihr werdet kein großes Problem bekommen, und dann werde ich seine Geschwindigkeit wieder allmählich verringern, und sein Gewicht wird euch zurückhalten. Seid ihr bereit? Eins-zwei-drei!"

Wir alle griffen fest mit unseren Handschuhen zu, als er das Kommando gab. Wir müssen jedoch ein gutes Stück schneller gestiegen sein, als er dachte, denn es hat uns die Arme erheblich verrenkt, und das Manöver hatte eine üble Pendelbewegung ausgelöst.

Eine Zeit lang konnten wir nur in einem Bogen schwingen, der vielleicht eine Viertelmeile groß war, etwa dreieinhalb Meilen über der Stadt und immer noch mehr als eine Meile von unserem Schiff entfernt.

Gibbons holte die Schleife gekonnt ein, als unser Schwung die Leine hochtrieb. Dann endlich hatten wir uns wieder unter Kontrolle und setzten unsere Fahrt nach oben fort, wobei wir unsere Geschwindigkeit etwas mit den Handschuhen kontrollierten.

Es gab keinen von uns, der nicht aufatmete, als wir wieder sicher durch die Luke in das Schiff krabbelten, die Ultraschnur ablegten und die Klappe zuschlugen.

Wir wussten nicht, dass wir eine noch schrecklichere Erfahrung zu machen hatten, und besprachen die Informationen, die Blash und Gaunt aus den Han-Aufzeichnungen zusammengetragen hatten, sowie die eventuelle Notwendigkeit, Hart sofort zu ultrophonieren.

11. DIE MAUERN DER HÖLLE

Die Verräter waren, so schien es, eine Gang, die sich einige Meilen nördlich von Nu-Yok am bewaldeten Ufer des Hudson, den Sinsings, aufhielt. Sie hatten den Hans im Gegenzug für mehrere alte Rep-Strahlenmaschinen und das Privileg, die elektronische Energieübertragung der Hans für ihren Betrieb zu nutzen, einige Fetzen von Informationen ausgetauscht, sofern ihre Schiffe bereit waren, sich den Anweisungen des Han-Verkehrsamtes zu unterstellen, solange sie sich in der Luft befanden.

Die anderen wollten ihre Nachrichten sofort senden, da immer die Gefahr bestand, dass wir damit nie wieder zur Gang zurückkehren könnten.

Ich war jedoch dagegen. Die Sinsings würden unsere Botschaft wahrscheinlich empfangen. Selbst wenn wir den Richtungsprojektor benutzen würden, könnten sie in den großen gruppenübergreifenden Landstrichen im Westen und Süden Späher haben. Sie würden nach Nu-Yok fliehen und der Strafe, die sie verdient hatten, entgehen. Es schien von entscheidender Bedeutung zu sein, dass dies nicht geschehen durfte, um für andere schwache Gruppen unter den Gangs ein Exempel zu statuieren und um eine Krisenreaktion zu vermeiden, bei der sie dem Feind lebenswichtigere Informationen übermitteln könnten.

"Wieder auf See", befahl ich Gibbons. "Sie werden uns in dieser Richtung weniger suchen."

"Ruhig, Boss, ruhig", antwortete er. "Warte, bis wir ein oder zwei Meilen weiter oben sind. Sie haben sicher schon Beweise für unseren Überfall entdeckt, und ihre Strahlenschutzmauer kann jeden Moment in Betrieb gehen."

Noch während er sprach, taumelte das Schiff nach unten und zur Seite.

"Da ist sie!", rief er. "Festhalten, Leute, wir rudern die Nase gerade nach oben!" Und er drehte die Raketenmotor-Steuerung weit auf.

Als ich durch eine der Heckklappen blickte, konnte ich einen nebligen, leuchtenden Ring sehen, und auf allen Seiten nahm die Atmosphäre ein schwaches Schimmern an.

Wir befanden uns fast über der zerstörerischen Reichweite der Strahlenwand, einem hohlen Zylinder der Vernichtung, der aus einem massiven Ring von Generatoren, der die Stadt umgab, nach oben schoss. Es war das Hauptverteidigungssystem der Hans, das außer bei regelmäßigen Tests nie eingesetzt worden war. Sie hatten vielleicht oder vielleicht auch nicht vermutet, dass sich in dem Zylinder ein amerikanisches Raketenschiff befinden könnte; wahrscheinlich hatten sie ihre Generatoren eher als Vorsichtsmaßnahme eingeschaltet, um zu verhindern, dass jemand eine bestimmte Position über der Stadt erreicht.

Aber selbst in unserer gegenwärtigen großen Höhe waren wir in großer Gefahr. Es war die Frage, wie sehr uns die Strahlen selbst möglicherweise geschädigt hatten, denn ihre effektive Reichweite betrug nicht viel mehr als sieben oder acht Meilen. Die größere Gefahr lag in dem gewaltigen Luftstrom, der im Inneren des Zylinders abwärts strömte, um das zu ersetzen, was durch das kontinuierliche Wirken der Desintegratoren ins Nichts verbrannt wurde. Die Luft fiel mit der Kraft eines Sturms in den Zylinder. Sie würde auch von außen mit ungeheurer Wucht gegen die Wand stürmen, aber natürlich wurde die Wirkung auf den Innenraum verstärkt.

Unser Schiff vibrierte und zitterte. Wir hatten nur eine Chance zur Flucht - uns weit über die Strömung hinaus zu kämpfen. Mit der Strömung nach unten zu treiben, bedeutete letztlich und unweigerlich, in die Vernichtungsmauer auf einer niedrigeren Ebene gesogen zu werden.

Aber ganz allmählich und keck begann unsere Aufwärtsbewegung zuzunehmen, wie die Indikatoren zeigten; und nach einer Stunde verzweifelten Kampfes waren wir frei von dem Sog und bewegten uns in die dünnen oberen Schichten. Der Schrecken unter uns war nun durch mehrere Schichten von Wolkenformationen unsichtbar.

Gibbons brachte das Schiff wieder auf einen geraden Kurs und trieb es ostwärts in einen der prächtigsten Sonnenaufgänge, die ich je gesehen hatte.

Wir beschrieben einen großen Kreis nach Süden und Westen, in einem langen, mühelosen Abtauchen, denn er hatte seine Raketenmotoren ausgeschaltet, um sie so weit wie möglich zu schonen. Wir hatten in unserem Kampf mit den Elementen auf erschreckende Weise von ihren Treibstoffreserven gezehrt. Für den Moment klärte sich die Atmosphäre unter uns auf, und wir konnten die Küste von Jersey weit unter uns sehen, wie eine große Karte.

"Wir sind noch nicht fertig", bemerkte Gibbons plötzlich, deutete auf sein Periskop und stellte es auf den Teleskop-Fokus ein. "Ein Han-Schiff, und ein Abwurfkommando noch dazu - und das hat uns gesehen. Wenn er uns mit seinem Strahl beschießt, sind wir erledigt."

Ich blickte fasziniert auf die Sichtscheibe. Was ich sah, war ein zigarrenförmiges Schiff, das unserem eigenen nicht unähnlich war, und von der proportionalen Größe seiner Portale her etwa so groß wie unsere Swooper. Später erfuhren wir, dass sie Besatzungen mit sich führten, die meist nicht mehr als drei oder vier Mann umfassten. Sie hatten stromlinienförmige Rümpfe und Leitwerke, die kardanische Doppelruder verkörperten. Im Einsatz stiegen sie mit ihren kräftigen Repräsentantenstrahlen in große Höhen auf, und dann nahmen sie entweder durch einen geraden Neigungstauchgang oder einen Schrägstauchgang, bei dem sie manchmal den in einem scharfen Winkel geneigten Repräsentantenstrahl benutzten, Geschwindigkeit auf. Es befand sich bereits über uns, wenn auch einige Meilen nördlich. Es konnte selbstverständlich versuchen, auf unseren Schwanz zu gelangen und uns mit seinem Strahl zu durchbohren, während er aus großer Höhe auf uns herab fiel.

Plötzlich loderte sein Strahl in einem blendenden Blitz auf und peitschte langsam zu unserer Rechten nach unten. Er durchlief eine seltsame korkenzieherartige Bewegung und manövrierte offensichtlich, um seinen Strahl mit einer Spiralbewegung auf uns zu lenken.

Gibbons versetzte unser Schiff augenblicklich in eine Reihe von Bewegungen, die wie die einer verängstigten Henne ausgesehen haben müssen. Er benutzte abwechselnd den Vorwärts- und den Rückwärtsstoß der Raketen, und zwar in unterschiedlichem Ausmaß. Wir flatterten, schossen plötzlich nach rechts und links und fielen in unregelmäßigen Abständen wie ein Lot. Aber die ganze Zeit über fiel der Han-Aufklärer auf uns zu und peitschte mit seinem Strahl zielgerichtet den Luftstrom um uns herum. Einmal schlug er unter uns ein, nicht mehr als 30 Meter entfernt, und wir fielen daraufhin in die durch die Luftzerstörung entstandene Lufthöhle hinein.

Es war auf eine Meile Abstand zu uns gefallen und näherte sich mit der Geschwindigkeit eines Geschosses, als das Ende kam. Gibbons hat immer geschworen, dass es reines Glück war. Vielleicht war es das auch, aber ich mag Piloten, die auf diese Weise Glück haben.

Mitten in einem eigenen, schwindelerregenden, flatternden Manöver, bei dem sich das Han-Schiff mit erschreckender Geschwindigkeit unserem Blick näherte und sein Strahl in einem Augenblick, der wie der sichere Untergang aussah, langsam auf uns zusteuerte, sah ich Gibbons' Finger am Hebel seines Raketengeschützes schnippen, und den Bruchteil einer Sekunde später flog das Han-Schiff wie eine Tontaube zerfetzt auseinander.

Wir taumelten, flatterten einige Momente lang verrückt, während Gibbons darum kämpfte, unser Schiff ins Gleichgewicht zu bringen, und ein Abschnitt von etwa vier Quadratmetern in der Bordwand in der Nähe des Hecks zerbröckelte langsam wie rostiges Metall. Der Strahl hatte uns tatsächlich berührt, aber unsere explosive Rakete hatte ihn eine Tausendstelsekunde früher erwischt.

Ein Teil unseres Ruders war ausgelöscht worden, und unser Motor war beschädigt. Aber wir konnten sanft über Jersey zurückschweben, glücklich die Schiffsstraßen kreuzen, ohne weitere Han-Schiffe zu sehen, und uns schließlich auf einer kleinen Lichtung unter den Bäumen in der Nähe von Harts Lager absetzen.

12. DER NEUE BOSS

Wir hatten unsere Ankunft telefonisch angekündigt, und der Big Boss selbst, umgeben vom Rat, war vor Ort, um uns zu begrüßen und unsere Neuigkeiten zu erfahren. Im Gegenzug wurden wir darüber informiert, dass in der vergangenen Nacht eine Gang der Bad Bloods, getarnt als Altoonas, - eine Gang westlich von uns, - mehrere unserer Lager zerstört hatte, bevor unsere Leute sich zusammengefunden und sie vertrieben hatten. Ihr Zweck war offensichtlich gewesen, uns gegen die Altoonas aufzuhetzen, aber glücklicherweise erkannte einer unserer Austauschpartner den erschlagenen Anführer der Bad Bloods.

Der Big Boss hatte die gesamte Eingreiftruppe der Gang mobilisiert und stand kurz davor, eine Expedition zur Ausrottung der Bad Bloods anzuführen.

Ich schaute mich im grimmigen Kreis der Unterbosse um und erkannte, dass das Schicksal Amerikas in diesem Augenblick in ihren Händen lag. Ihr Temperament verlangte die sofortige Bereitstellung unserer vollen Kräfte, um uns für die Raubzüge zu rächen. Aber die strategischen Erfordernisse verlangten meiner Meinung nach ganz klar die sofortige und absolute Ausrottung der Sinsings. Es könnte nur eine Frage von Stunden sein, bis sie nach unserer Erkenntnis Informationen über die nultronischen Geheimnisse Amerikas mit den Hans austauschen würden.

"Wie groß ist unsere Streitmacht?", fragte ich Hart.

"Jeden Mann und jedes Mädchen, das entbehrt werden kann", antwortete er.

"Damit haben wir siebenhundert verheiratete und unverheiratete Männer und dreihundert Mädchen, mehr als die gesamte Bad Blood Gang. Alle sind mit Gürteln, Ultrophonen, Raketenwaffen und Schwertern ausgestattet und alle kämpfen wahnsinnig."

Ich habe darüber nachgedacht, wie ich die Angelegenheit diesen entschlossenen Männern nahebringen könnte.

Schließlich begann ich zu sprechen. Ich erinnere mich bis heute nicht mehr genau an das, was ich gesagt habe. Ich sprach ruhig, mit gebührender Rücksicht auf die Informationen, die wir gesammelt hatten, Punkt für Punkt, baute meinen Fall logisch auf und malte ein reißerisches Bild der Gefahr, die sich aus dieser Halb-Allianz zwischen den Sinsings und dem Hans von Nu-Yok ergab. Ich wurde leidenschaftlich und gipfelte, wie ich glaube, in dem Gelübde, allein gegen die Erzfeinde unserer Volksgruppe vorzugehen, "wenn die Wyomings blindlings darauf aus wären, eine Bandenfehde über die Hoffnungen von ganz Amerika zu stellen".

Als ich zum Schluss kam, überkam mich eine große Ruhe, als wäre ich von etwas befreit. Es war Hart, der das Temperament des Rates schneller spürte als ich. Er erhob sich vom Baumstumpf, auf dem er gesessen hatte.

"Damit ist es geklärt", sagte er und schaute sich im Ring um. "Ich spüre dieses Ding schon seit einiger Zeit. Ich bin sicher, dass der Rat mit mir übereinstimmt, dass es unter uns einen Mann gibt, der fähiger ist als ich, die Gang in Wyoming zu führen, obwohl er nur eine kurze Zeit hatte, um sich mit unseren modernen Methoden und Einrichtungen vertraut zu machen. Ich verpflichte mich, alles zu tun, was ich tun kann, um ihn zu unterstützen, um jeden Preis, damit er erfolgreich führen kann".

Als er zum Schluss kam, kam er zu mir und nahm den grünen Helm vom Kopf, der sein Amtsabzeichen darstellte, und legte ihn zu meiner Überraschung in meine automatisch ausgestreckte Hand.

Das Gebrüll der Zustimmung, das von den Ratsmitgliedern aufkam, machte mich benommen. Jemand übermittelte die Nachricht an den Rest der Gang, und obwohl die Ohrenklappen meines Helms hochgedreht waren, konnte ich den Jubel hören, mit dem mich meine unsichtbaren Anhänger von nahen und fernen Hängen, Lagern und Pflanzungen begrüßten. Mein erster Schritt bestand darin, mich zu vergewissern, dass der Phone Boss bei der Übermittlung dieser Nachricht an die Mitglieder der Bande weder meine Rede noch meinen Plan, den Angriff von den Bad

Bloods auf die Sinsings zu verlagern, erneut ausgestrahlt hatte. Ich war erleichtert über seine Zusicherung, dass er das nicht getan hatte, und so verpflichtete ich den Rat und meine Gefährten zur Geheimhaltung und ließ es zu, dass man glaubte, wir würden gegen die Bad Bloods in die Luft und in die Bäume gehen.

Diese Truppe musste schreckliche Angst gehabt haben, so wie sie den Äther "verbrannt" hatten, mit ultrophonischen Alibis und Propaganda zur Unterstützung durch weiter entfernte Gangs. Es war ihr altes Spiel, diese Appelle an den Geist der Brüderlichkeit, die sich an Gangs richteten, die zu weit entfernt waren, um mit ihnen die Art von Erfahrung zu machen, die unserem Volk widerfahren war.

Ich kicherte. Hier war ein weiterer guter Grund für die Verschiebung meiner Pläne. Hätten wir die Ausrottung der Bad Bloods tatsächlich sofort in Angriff nehmen wollen, wäre es schwierig gewesen, einige der Banden davon zu überzeugen, dass wir nicht übereilt und ungerechtfertigt gehandelt hatten.

Aber die Ausrottung der Sinsings wäre eine andere Sache. Zunächst einmal würde es keine Warnung vor unserer Aktion geben, bis alles vorbei wäre, so hoffte ich. Zweitens hätten wir unbestreitbare Beweise in Form von ihren Strahlenschiffen und anderen Utensilien für ihren Umgang mit den Hans; und der Grad der amerikanischen Voreingenommenheit, zu der Zeit, in der ich schrieb, hielt den Handel mit den Hans für eine viel abscheulichere Sache als die bösartigste Bandenfehde.

Ich habe sofort eine Exekutivsitzung des Rates einberufen. Ich wollte eine Bestandsaufnahme unserer militärischen Ressourcen machen.

Ich schuf vor Ort ein neues Büro, das des "Kontrollchefs", und ernannte Ned Garlin zum Leiter dieses Amtes, wobei er seine frühere Verantwortung als Anlagenchef an seinen Assistenten übergab. Ich brauchte jemanden, der die Aufzeichnungen über die verschiedenen funktionalen Aktivitäten der Aktion zusammenfasste und mir die Aufgabe abnahm, die Aufzeichnungen darüber auf dem neuesten Stand zu halten.

Ich erhielt Berichte von den Chefs der Ultrophoneinheit und von den Chefs der Lebensmittel-, Transport- und Kampfmittelabteilung, der Chemie, der elektronischen Aktivitäten und der elektrophonischen Aufklärung, der Ultroskope, der Luftpatrouille und der Kontaktwache.

Meine Ideen für den Feldzug waren natürlich ein wenig von meiner Erfahrung des 20. Jahrhunderts geprägt, und ich sah mich vor die Aufgabe gestellt, eine Stabsorganisation auszuarbeiten, die eine Mischung aus den besten und am leichtesten anzuwendenden Prinzipien der geschäftlichen und militärischen Effizienz war, wie ich sie aus der Sicht der sofortigen Durchführbarkeit kannte.

Was ich wollte, war eine Organisation, die spezialisiert war, funktionell, nicht wie oben angegeben, sondern aus dem Blickwinkel der Aufklärung über die Singsing-Aktivitäten, der Aufklärung über die Han-Aktivitäten, der Perfektionierung der Kommunikation mit meinen eigenen Einheiten, der Zusammenarbeit des Feldkommandos und der perfekten Mobilisierung von Notvorräten und Ressourcen.

Es dauerte mehrere Stunden harter Arbeit mit dem Rat, um den Plan auszuarbeiten. Zuerst teilten wir jeder "Division" funktionelle Experten und Ausrüstung entsprechend ihren Bedürfnissen zu. Dann wurden diese wiederum von den neuen Divisionsleitern je nach Bedarf den Feldkommandos oder als unabhängige Einheiten oder als Einheiten des Hauptquartiers zugeteilt. Die beiden Geheimdienstdivisionen erhielten die Namen A und M, wobei "A" bedeutet, dass eine Division auf den amerikanischen Feind und die andere auf die Chaharen spezialisiert war.

Die Abteilung, die für unsere eigene Kommunikation, die Zuweisung von Ultrophonfrequenzen und -stärken und die Versorgung mit Bedienungspersonal und Ausrüstung zuständig war, nannte ich "Kommunikation".

Ich ernannte Bill Hearn zum Posten des Feldleiters, der für die wichtigsten oder nicht operierenden Kampfeinheiten verantwortlich war, und der Abteilung für Ressourcen wies ich die gesamte Verantwortung für die wenigen Flugzeuge zu, die wir hatten; und alle Transport- und Versorgungsprobleme wies ich "Ressourcen" zu. Die Funktionsbosse blieben bei dieser Abteilung.

Schließlich vervollständigten wir unsere Organisation mit der Zuweisung von Verbindungsleuten zwischen den verschiedenen Divisionen, je nach Bedarf.

So hatte ich einen "Hauptquartierstab", der sich aus den Abteilungschefs zusammensetzte, die direkt Ned Garlin als Kontrollchef oder Wilma als meinem persönlichen Assistenten unterstellt waren. Und jeder der Divisionsleiter hatte einen eigenen kleinen Stab.

Bei der abschließenden Zusammenfassung unseres Personals und unserer Ressourcen stellte ich fest, dass wir ungefähr tausend "Soldaten" hatten, von denen etwa dreihundertfünfzig in den so genannten Service-Divisionen, der Rest in Bill Hearns Felddivision, stationiert waren. Letztere wurde jedoch durch die Überlassung zahlreicher kleiner Einheiten an den Außendienst etwas reduziert. Insgesamt dürfte die tatsächlich verfügbare Kampftruppe, so meinte ich, bei unserem tatsächlichen Einsatz etwa fünfhundert Mann betragen.

Wir hatten nur sechs kleine Swooper, aber als Ergebnis unseres kleinen Angriffs auf Nu-Yok hatte ich einen Plan im Kopf, der dies hinreichend berücksichtigen würde, da die Reserven an Inertronblöcken größer waren, als ich erwartet hatte. Die Abteilung für Ressourcen konnte durch etwas knappes Packen ihrer Vorratskisten oder durch Einschieben zusätzlicher Inertronblöcke jedes einzelne auf ein Gewicht von einigen Unzen reduzieren. Diese konnten leicht gehoben und von den Swoopern in großer Menge geschleppt werden. An Ultrameter-Leinen angehängt wäre es für sie praktisch unmöglich, sich zu lösen.

Das gesamte Personal war natürlich mit Jumpern ausgestattet, und wenn jeder Mann und jedes Mädchen darauf achtete, das Gleichgewicht richtig einzustellen, konnte die gesamte Anzahl auch durch die Luft geschleppt werden, indem sie die Drähte der Ultrons ergriff, sich unter die Swoopers schwang oder sich hinter den Swoopers aufreihte.

Das wäre nicht ermüdend, denn die Belastung wäre nicht größer als die, ein Zwei-Pfund-Gewicht in der Hand zu tragen, abgesehen von der Luftreibung bei hohen Geschwindigkeiten. Aber um doppelt sicherzugehen, dass wir kein Personal verlieren, habe ich strikte Anweisung gegeben, dass die Gurte und Schleppleinen mit Ringen und Haken ausgestattet sein sollten. Die grundlegende Organisation und Disziplin der Gang war so groß, dass wir bei Einbruch der Dunkelheit in Bewegung kamen.

Nacheinander gingen die Swooper in die Luft, jeder gefolgt von seinem langen Schleppzug oder "Drachenschwanz" von Menschen und Versorgungskästen, die leicht an seinem Schleppseil hingen. Der Einfachheit halber wurden die Schleppleinen aus einer Legierung aus Ultramaterial hergestellt, das im Gegensatz zum Metall selbst gut sichtbar war.

Zunächst hingen diese "Schwänze" nach unten, aber als die Schiffe in Formation schwenkten und sich ostwärts in Richtung des Gebietes der Bad Bloods bewegten und an Geschwindigkeit gewannen, begannen sie sich nach hinten zu strecken. Und während sie von jedem Schiff aus nach unten schwenkten mit schweren Lasten, Ultroskopen, Ultrophonen und Geradsicht-Beobachtern, die die Landschaft scharf absuchten, suchten die Geheimdienstleute in den Swoopern oben über ihre Instrumentenbretter und Sichtscheiben gebeugt die Landschaft ab.

Wilma und ich überließen Kontrollchef Ned Garlin vorübergehend die Leitung der Angelegenheiten, ließen eine beschwerte Leine von unserem Schiff herab und rutschten etwa auf halbem Weg nach unten zum Ausguck - in etwa tausend Fuß Höhe. Das Gefühl, so schnell durch die Luft zu schweben, in der absoluten Sicherheit und dem Vertrauen auf den Inertron-Gürtel war für mich eine nie endende Freude.

Als sich die Expedition dem Territorium der Bad Bloods näherte, stiegen wir wieder in den Swooper auf und leiteten die Vorbereitungen für das Bombardement. Es gehörte zu meinem Plan, den Eindruck zu erwecken, dass ich den Angriff wie ursprünglich geplant durchführen würde.

Etwa fünfzehn Meilen von ihren Lagern entfernt kamen unsere Schiffe zum Stillstand und hielten eine Zeitlang mit den Leerlaufgeschwindigkeiten ihrer Raketenmotoren ihre Positionen, um den Ultroskop-Operatoren die Möglichkeit zu geben, das Gebiet unter uns gründlich zu untersuchen. Es war entscheidend, dass der nächste Schritt in unserem Programm unter aller Geheimhaltung durchgeführt wurde.

Ausführlich berichteten sie, dass der Boden unter uns völlig frei von jeglichem Anzeichen menschlicher Aktivität sei, und eine Geschützeinheit bestehend aus Fernkampfspezialisten wurde mit einem Dutzend Raketengeschützen herabgelassen, die mit speziellen automatischen Vorrichtungen ausgestattet waren, welche die Abteilung für Ressourcen auf meine Bitte hin einige Stunden vor unserem Abflug hergestellt hatte. Es handelte sich dabei um Ziel- und Zeitmessgeräte. Nach sorgfältiger Berechnung der Entfernung, der Höhe und der Raketenladungen wurden die Geschütze in einer Schlucht versteckt zurückgelassen und die Männer wieder in das Schiff hochgezogen. Zu der vorher festgelegten Stunde würden diese unbemannten Raketengeschütze automatisch damit beginnen, die Hänge der Bad Bloods zu bombardieren, wobei sie mit jedem Schuss ihr Ziel und ihre Höhe leicht verlagern würden, wie es viele unserer Artilleriegeschütze im Ersten Weltkrieg taten.

In der Zwischenzeit drehten wir etwa zwanzig Meilen nach Süden ab und warteten auf den Beginn der Bombardierung, bevor wir versuchten, uns über die Schiffsstraße der Han zu schleichen. Ich verließ mich zur Sicherheit auf die Ablenkung, die das Bombardement den Han-Beobachtern bieten würde.

Es war eine anstrengende Arbeit, aber die Angelegenheit verlief wie geplant, da unser Geschwader hoch genug über die Route driftete, um den Truppenschweif der Schiffe und die Versorgungskästen vom Boden zu entfernen.

Bei der Überquerung der zweiten Schiffsroute entlang der Strände von Jersey gelang es uns nicht so gut, der Beobachtung zu entgehen. Ein Han-Schiff kam auf einer sehr niedrigen Höhe vorbei gerast. Wir erfassten es mit unseren elektronischen Ortungs- und Peilgeräten und lokalisierten es auch mit unseren Ultraschallgeräten, aber es kam so schnell und so tief, dass ich es für das Beste hielt, dort zu bleiben, wo wir kurz zuvor gelandet waren, und ruhig liegen zu bleiben, anstatt loszufahren und vor ihm zu kreuzen.

Der Punkt war folgender. Die Hans hatten zwar keine Geräte wie unsere Ultraschallgeräte, mit denen wir im Dunkeln sehen konnten (natürlich mit gewissen Einschränkungen), und elektronische Instrumente wären praktisch nutzlos, um unsere Anwesenheit aufzudecken, da alle mit Ausnahme der natürlichen elektronischen Aktivitäten sorgfältig aus unseren Geräten eliminiert wurden (ausgenommen Elektrophonempfänger, die nicht leicht zu erkennen sind), aber die Hans hatten einige sehr hochempfindliche Schallgeräte, die bei ruhigem Wetter sehr effizient arbeiteten, was die aus der Luft kommenden Geräusche betraf. Aber das "Bodenrauschen" erschwerte die Verwendung dieser Instrumente bei der Lokalisierung bestimmter von der Erdoberfläche aufsteigender Geräusche sehr.

Dieses Schiff muss jedoch einige leichte Geräusche von uns mit seinen sensiblen Instrumenten aufgefangen haben, denn wir hörten, wie elektronische Geräte ins Spiel kamen, und empfingen die routinemäßige Meldung der Lärmquelle an den Kommandanten des Basisschiffs. Aber aufgrund der Art des Gesprächs war ich der Meinung, dass sie uns nicht identifiziert hatten, und ich war in der Tat neugieriger auf die Detonationen, die sie jetzt von den Bad Blood-Ländern etwa sechzig Meilen westlich auffingen.

Unmittelbar, nachdem dieses Schiff an uns vorbeigeschossen war, stiegen wir wieder in die Luft und folgten der gleichen Route wie in der Nacht zuvor, stiegen in einem ausgedehnten Halbrund über dem Ozean auf, schwenkten nach Norden und schließlich nach Westen. Wir nahmen jedoch Kurs auf das Land der Sinsing nördlich von Nu-Yok, statt auf die Stadt selbst.

13. DER FINGER DES VERDERBENS

Als wir den Hudson River überquerten, einige Meilen nördlich der Stadt, setzten wir mehrere Einheiten der M-Nachrichtenabteilung mit voller Instrumentenausrüstung ab. Ihre Apparatekoffer waren mit einem Gewicht von nur wenigen Unzen pro Stück gut ausbalanciert, und die Männer benutzten ihre Fallschirmumhänge, um ihre Absprünge zu erleichtern.

Wir überquerten den Fluss ein wenig weiter oben und begannen, A-Nachrichtendienst-Einheiten und einige Lang- und Kurzstrecken-Geschützeinheiten abzusetzen. Dann hielten wir unsere Position, bis wir erste Berichte erhielten. Nach und nach umzingelten wir das Gebiet der Sinsings, wobei unsere Beobachtungseinheiten eifrig und geduldig mit ihren Beamern und Sichtgeräten arbeiteten, sowohl in der Höhe als auch auf dem Boden, bis sich Garlin schließlich mit der Bemerkung an mich wandte:

"Der Kreis auf der Karte ist jetzt vollständig, Boss. Wir haben freie Sicht auf die gesamte Umgebung."

"Lass mich mal sehen", antwortete ich und studierte die beleuchtete Landkarte mit den kleinen, sich überlappenden Lichtkreisen, die auf Flecken hinwiesen, die sich durch Ultraschallbeobachtung als frei vom Feind erwiesen.

Ich nickte Bill Hearn zu. "Mach jetzt weiter, Hearn", sagte ich. "und postieren Sie Ihre Sperrmannschaften."

Er sprach in sein Ultraschallgerät, und drei der Schiffe begannen, in einem weiten Ring rund um das feindliche Gebiet zu schweben. Alle paar Sekunden, auf den Befehl seines Einheitsführers hin, ließ ein Schütze den Draht fallen und ließ den Verschluss seines Fallschirmumhangs los, um in die Dunkelheit hinunter zu treiben. Bill bildete zwei Linien, die parallel zum Fluss und mit Blick auf den Fluss verliefen und das gesamte Feindesland zwischen sich einschlossen. Oben und unten, den Fluss überspannend, bildeten sich zwei Verteidigungslinien. Letztere sollten lediglich ihre Positionen halten. Die anderen sollten sich einander annähern und ein hochexplosives Sperrfeuer fünf Meilen vor sich her schieben. Wenn die beiden Sperrfeuer aufeinandertrafen, sollten beide Linien auf Sperrfeuer mit kurzer Reichweite umschalten und weiterhin auf jeden Feind zugehen, der durch den vorherigen Feuervorhang gekommen sein könnte.

In der Zwischenzeit hielt Bill seine Reserven, ein ausgewähltes Korps von hundert Mann (das gleiche, das Hart und mich in unserem Kampf mit dem Han-Geschwader begleitet hatte) in der Luft, etwa zu gleichen Teilen auf die "Drachenschweife" von vier Schiffen verteilt.

Ein abschließender namentlicher Aufruf der Einheiten, Kompanien, Divisionen und Funktionen stellte fest, dass alle unsere Kräfte in Position waren. Es wurde keine Han-Aktivität gemeldet, und keine Übertragungen deuteten auf einen Verdacht in Bezug auf unsere Expedition hin. Auch gab es keine Hinweise auf das Schicksal, das ihnen widerfahren würde. Der Leerlauf einiger Strahlungsgeneratoren im Zentrum ihrer Lager wurde gemeldet, offensichtlich diejenigen der Schiffe, die die Hans ihnen gegeben hatten.

Wieder gab ich das Zeichen, und Hearn gab den Befehl an seine Untergebenen weiter.

Weit unter uns, einige Meilen rechts und links, tauchten zwei Sperrfeuerlinien auf. Aus der großen Höhe, in die wir uns erhoben hatten, kamen Linien von brillanten, blinkenden Lichtern zum Vorschein, und die Detonationen wurden durch die große Entfernung gedämpft zu einer Art rumpelndem, fernem Donner. Hearn und seine Assistenten waren sehr damit beschäftigt, Ultraschallbefehle an die Kommandeure der Einheiten auszugeben, die zu einer Begradigung der Linien und zur Schließung der Lücken im Sperrfeuer führten.

Der Chef der A-Division berichtete über die größte Verwirrung in der Sinsing-Organisation (sie waren eine ineffiziente, undisziplinierte Gang) und forderte wiederholt Hilfe von benachbarten Gangs. Die Chaharen ignorierten die Tatsache, dass sie seit vielen Generationen keinen Sprengstoff mehr benutzt hatten, und kamen dennoch zu dem Schluss, dass sie von den Hans selbst überfallen wurden, für die der Klang der Schlacht offensichtlich hörbar war beim Versuch, die Problemzone zu lokalisieren.

An diesem Zeitpunkt trat der Swooper, den ich nach Süden in Richtung der Stadt geschickt hatte, als Ablenkung in Aktion, um die Hans zu Hause zu halten. Sein "Drachenschweif" war mit Fernkampfschützen besetzt, die die hochexplosivsten Raketen benutzten, die wir unsichtbar in der Dunkelheit des Himmels aufgehängt hatten, und bombardierte die Stadt aus einer Entfernung von etwa fünf Meilen. Da eine ganze Stadt beschossen werden musste und das Ziel darin möglichst viel Aufregung zu erzeugen war, ungeachtet des tatsächlichen Schadens, hatten die Kanoniere keine Schwierigkeiten, ins Schwarze zu treffen. Ich konnte das Glühen der Stadt und die Stichflammen der explodierenden Raketen sehen. Am Ende zogen sich die Hans, die unsicher waren, was vor sich ging, auf eine defensive Politik zurück und ließen ihren "Höllenzylinder" oder die Wand aus nach oben gerichteten Desintegratorstrahlen in Betrieb gehen. Das beendete natürlich unsere Bombardierung auf sie. Die Strahlen waren eine perfekte Verteidigung, denn sie zerlegten unsere Raketen, sobald sie in Reichweite kamen.

Wenn sie keine Schiffe ausgesandt hatten, bevor sie die Strahlen einschalteten, und wenn sie keine in einem ausreichenden Radius bereits in der Luft hatten, dann würde alles gut sein.

Ich habe Garlin dazu befragt, aber er versicherte mir, dass der Geheimdienst keine Hinweise auf Hans-Schiffe in der Nähe von 800 Meilen meldete. Dies würde uns wahrscheinlich für eine Weile freie Hand lassen, da die meisten ihrer Instrumente nur unvollständig oder gar nicht durch die Todeswand hindurch aufzeichneten. Ich bat um eine der Anzeigetafeln des Kommandoschiffes und um die Dienste eines erfahrenen Operators und wies ihn an, sich auf unsere Linien unten zu konzentrieren. Ich wollte eine Nahaufnahme der Männer in Aktion.

Er begann, seine Bedienelemente zu manipulieren, und chaotische Schatten bewegten sich schnell auf der Tafel, wobei sie scharf und unscharf wurden, bis er zu einer Einstellung gelangte, die mir ein Bild des Waldbodens gab, der offenbar 100 Fuß breit war, wobei die dazwischen liegenden Äste und das Laub der Bäume wie Schatten aussahen, die über dem Boden mit der Realität verschmolzen waren.

Ich beobachtete einen Mann, der seine Langwaffe mit gekonnter Geschwindigkeit aufstellte. Seine Lippen kräuselten sich leicht, als ob er pfeifen würde, als er das hohe Stativ, auf dem das Geschütz ausbalanciert war, justierte. Rasch drehte er an den Knöpfen, um das Ziel und die Höhe seiner Waffe zu steuern. Dann hob er einen Munitionsgürtel aus der großen Kiste, die selbst schwer genug aussah, um das schlanke Stativ zu zerbrechen, und steckte dessen Anfang in das Rohrschloß und betätigte die richtige Knopfkombination.

Dann trat er zur Seite und beschäftigte sich damit, durch die Bäume vor sich zu spähen. Nicht einmal ein Beben erschütterte das Rohr, aber ich wusste, dass es in Abständen von weniger als einer Sekunde kleine Geschosse ausstößt, die sich mit ihrer eigenen, ständig reduzierten Kraft in die Luft bogen, um genau fünf Meilen vor ihm zu fallen und mit der Kraft von Acht-Zoll-Geschossen, wie wir sie im Ersten Weltkrieg verwendet hatten, zu explodieren.

Ein anderer Schütze, fünfzig Fuß rechts von ihm, winkte mit der Hand und rief ihm etwas zu. Dann nahm er sein eigenes Rohr und Stativ und maß den Abstand zwischen den Bäumen vor sich, sowie die Höhe ihrer untersten Äste, beugte sich ein wenig vor, beugte seine Muskeln und sprang leicht, etwa fünfundzwanzig Fuß. Ein weiterer Sprung brachte ihn noch etwa sechs Meter weiter, wo er begann, sein Gerät aufzustellen.

Ich befahl meinem Beobachter dann, auf das Sperrfeuer selbst zu wechseln. Er konzentrierte sich darauf, aber es zeigte nur eine Reihe von blendenden Blitzen, die von der Sichtscheibe aus das gesamte Innere des Schiffes erhellten. Ein Fokus von zweihundert Metern war besser. Ich hatte gedacht, dass ein Teil unserer französischen und amerikanischen Artillerie des 20. Jahrhunderts die ultimative mathematische Präzision des Beschusses erreicht hatte, aber ich hatte nie etwas gesehen, das der Genauigkeit dieser Serie von gewaltigen Explosionen gleichkam, während es stetig vorrückte, Bäume niedermähte, wie eine Sense Gras mähte (oder es vor 500 Jahren tat), die Erde und die zersplitterten, gesprengten Überreste der Waldriesen buchstäblich aufwühlte, bis in eine Tiefe von zehn bis zwanzig Fuß.

Inzwischen näherten sich die beiden Feuervorhänge einander an, Linien lebendiger, schimmernder, kontinuierlicher, brillanter Zerstörung, die unweigerlich die panischen Sinsings zwischen sich zwängte.

Sogar während ich zusah, gab eine Gruppe von ihnen, die sich vergeblich bemüht hatte, ihre drei Strahlenmaschinen in die Luft zu bringen, ihre Bemühungen auf und stürzte sich in den Mahlgang.

Ich fragte den Kontroll-Boss genau über die Sinnlosigkeit dieses ihrer Versuche aus, und erfuhr, dass die Hans, offensichtlich im Zweifel darüber, was vor sich ging, fortgesetzt "auf Nummer sicher" gegangen waren und ihre Stromübertragung abgebrochen hatten, nachdem sie alle ihre eigenen Schiffe östlich der Alleghenies zu Boden befohlen hatten, aus Angst, dass diese Schiffe, die sie mit den Sinsings eingetauscht hatten, gegen sie eingesetzt werden könnten. Wieder wandte ich mich meiner Sichttafel zu, die sich immer noch auf den zentralen Abschnitt der Sinsing-Anlagen konzentrierte. Die Verwirrung der Verräter war ganz und gar die der Angst geschuldet, denn unser Sperrfeuer hatte sie noch nicht erreicht.

Einige von ihnen stellten ihre Langwaffen auf, feuerten wahllos über die Sperrlinie und gaben dann auf. Sie erkannten, dass sie kein Ziel hatten, auf das sie schießen konnten, keine Möglichkeit, zu wissen, ob unsere Kanoniere einige Hundert Meter oder einige Kilometer weiter weg waren.

Ihre Ultrophonisten, von denen sie nicht viele hatten, standen in angespannter Haltung herum, ihre Helmtelefone um die Ohren geschnallt, wobei sie nervös die Abstimmkontrollen an ihren

Gürteln befingerten. Zweifellos müssen sie einige unserer Frequenzen geortet und viele unserer Berichte und Befehle gehört haben. Aber sie waren verwirrt und unorganisiert. Wenn sie einen Ultrophon-Boss hatten, berichteten sie ihm offensichtlich nicht in organisierter Form. Sie begannen sich jetzt vor unserem vorrückenden Feuer zurückzuziehen. Mit zeitweiliger Verzweiflung begannen sie wieder über unser Sperrfeuer zu schießen, und die Explosionen ihrer Raketen blitzten an weit verstreuten Punkten jenseits davon auf. Einige wenige schossen aus der Entfernung "Topfbomben".

Seltsamerweise waren es unsere eigenen Streitkräfte, die in der Schlacht die ersten Opfer erlitten. Einige dieser Distanzschüsse verzeichneten zufällige Treffer, während unsere Männer den strikten Befehl hatten, ihre Sperrdistanzen nicht zu überschreiten.

Auf der ultroskopischen Sichttafel sah die Schlacht aus, als würde sie bei Tageslicht, vielleicht an einem bewölkten Tag, ausgetragen, während die Explosionen der Raketen als Blitze von besonderer Brillanz erschienen.

Die beiden Sperrlinien waren nicht mehr als fünfhundert Meter voneinander entfernt, als die Sinsings auf eine von uns nicht vorhergesehene Taktik zurückgriffen. Wir bemerkten zuerst, dass sie sich durch das Wegwerfen von Zusatzausrüstung zu entlasten begannen. Einige von ihnen warfen in ihrer Aufregung zu viel weg und schossen plötzlich in die Luft. Dann schwebten einige wenige verstreut sanft nach oben, gefolgt von einer wachsenden Zahl, während wieder andere, die das Gewicht im Gleichgewicht hielten, zu den sich nähernden Sperren sprangen und in der Hoffnung, sie zu beseitigen, in die Höhe sprangen. Einige hatten Erfolg. Wir sahen, wie andere wie Blätter in einem Sturm umherwehten, um zusammenzufallen und langsam herunterzutreiben, oder aber in das Sperrfeuer zu fallen, wobei ihre Gürtel von ihren Körpern weggeblasen wurden.

Es gehörte jedoch nicht zu unserem Plan, einen einzigen von ihnen entkommen zu lassen und seinen Weg zu den Hans finden zu lassen. Ich übermittelte Bill Hearn schnell die Nachricht, dass die anderen Männer in seiner Reihe das Sperrfeuer höher legen sollten, und hörte, wie er den Einheitsführern eine mathematische Formel vortrug.

Wir zogen unsere Schiffe zurück, als die Explosionen in gestaffelter Formation in die Luft stiegen, bis sie eine Höhe von drei Meilen erreichten. Ich glaube nicht, dass irgendeiner der Sinsings, die versuchten, in die Freiheit zu schweben, erfolgreich war.

Aber wir wussten später, dass einige wenige, die das Sperrfeuer übersprangen, entkamen und schließlich Nu-Yok erreichten.

Es waren diejenigen, denen es gelang, über das Sperrfeuer zu springen, die die größten Schwierigkeiten bereiteten. Als die Hälfte unserer Langwaffen in die Höhe gedreht wurde, sah ich voraus, dass wir nicht genug haben würden, um fortlaufende Bodensperren zu errichten, und befahl daher, das Sperrfeuer zwei Meilen zurückzusetzen, von wo aus sich unsere "Vorhänge" wieder zu schließen begannen, diesmal jedoch so, dass sie nicht bei Kontakt, sondern in dreißig Fuß Höhe explodierten. Dies ließ den Sinsings kaum eine Chance, über oder unter dem Sperrfeuer hinauszuspringen.

Nach und nach näherten sich die beiden Sperrfeuer einander, bis sie sich schließlich trafen, und in der grauen Morgendämmerung endete die Schlacht.

Unsere eigenen Verluste beliefen sich auf 47 Mann bei den Bodentruppen, wobei achtzehn Mann im Nahkampf mit den wenigen des Feindes, die unsere Linien erreichten, getötet worden waren, und zweiundsechzig Mann der Besatzung und der "Drachenschweif"-Truppe des Swoopers Nr. 4, der von einem der feindlichen Ultroskope geortet und mit Langwaffenfeuer zu Boden gebracht worden war.

Da fast alle Mitglieder der Sinsing-Gang, soweit wir wussten, getötet worden waren, betrachteten wir den Überfall als großen Erfolg.

Er hatte jedoch eine weitaus größere Bedeutung als dies. Für uns alle, die wir an der Expedition teilnahmen, hat die Wirksamkeit unserer Sperrfeuertaktik definitiv das Vertrauen in unsere Fähigkeit, die Hans zu überwinden, begründet.

Wie ich Wilma sagte:

"Es war die ganze Zeit meine Überzeugung, dass die amerikanische Sprengstoffrakete eine weitaus effizientere Waffe ist als der Abwehrstrahl der Hans, sofern wir unsere ganze Gang trainieren können, sie systematisch und koordiniert einzusetzen. Als Waffe in den Händen eines einzelnen Menschen, der auf ein Ziel in direkter Sichtlinie schießt, ist die Raketenwaffe in ihrer Zerstörungskraft dem Zerstörungsstrahl unterlegen, außer wenn ihre Reichweite etwas größer wäre. Das Problem war, dass sie bis heute nur so eingesetzt wurde, wie wir unsere Gewehre und Schrotflinten im 20. Die Möglichkeiten der Nutzung als Artillerie, zur Errichtung von Sperrfeuern, die sich am Boden entlang fortbewegen oder in die Luft steigen, sind enorm.

"Der Zerstörungsstrahl offenbart unweigerlich seine Ausstrahlungsquelle. Das Raketengeschütz nicht. Der Zerstörungsstrahl kann sein Ziel nur in einer geraden Linie erreichen. Die Rakete kann in einem Bogen über dazwischenliegende Hindernisse zu einem ungesehenen Ziel geführt werden.

"Wir dürfen auch nicht vergessen, dass unsere Ultronisten uns jetzt einen perfekten Schutz gegen den Zerstörungsstrahl durch das Inertron versprechen.

"Aber ich zittere, lieber Tony, wenn ich an die Schrecken denke, die vor uns liegen. Die Hans sind clever. Sie werden eine Verteidigung gegen unsere neue Taktik entwickeln. Und sie werden sich sicher nicht nur mit der vollen Kraft ihrer Macht in Amerika, sondern auch mit den vereinten Kräften des Weltreichs gegen uns zusammenschließen."

"Trotzdem", so prophezeite ich, "zeigt der Finger des Verderbens heute direkt auf sie, und wenn du und ich nicht im Kampf getötet werden, werden wir es noch erleben, wie Amerika den Chaharenbrand vom Angesicht der Erde wegpustet.

ENDE

Treibhauseffekt und Klimawandel
Energiewende, ja bitte, aber nicht wegen CO2
Klaus-Dieter Sedlacek (Hrsg.)
Paperback
124 Seiten
ISBN-13: 9783750413207
Verlag: Books on Demand
Sprache: Deutsch
Farbe: Ja

Zum Buchshop:

Bände der Buchreihe „Historical Diamond“

Band 1: **Der Attentäter** – Roman von Karl Hans Strobl – € 5,99

Band 2: **Die Seelenverkäufer** – Abenteuerroman von Kurt Faber – € 5,99

Band 3: **Jenseits des Äquators** – Abenteuerroman von Ferdinand Emmerich – € 5,99

Band 4: **Der Feind aus dem Dunkel** – Kriminalroman von Annie Hruschka – € 5,99

Band 5: **Der Tag der Vergeltung** – Kriminalroman von Anna Katharine Green - € 5,99

Band 6: **Die Yacht der sieben Sünden** – Kriminalroman von Paul Rosenhayn - € 5,99

Band 7: **Das Rätsel von Ravensbrok** – Krimi von der Waterkant von Hans Hyan - € 4,99

Band 8: **Spreemann und Co** – Historischer Berlin-Roman von Alice Berend – € 6,99

Band 9: **Die verlorene Welt** – Abenteuerroman von Conan Doyle - € 6,99

Band 10: **Allan Quatermain und der Zauberer im Zululand** – Abenteuerroman von Henry Rider Haggard – € 5,99

Band 11: **Attila** – König der Hunnen – Epischer Historienroman von Felix Dahn – € 5,99

Band 12: **Lizzie Holmes und die Kristiana-Affäre** – Krimi von Sven Elvestad - € 5,99

Band 13: **Der Chinese** – Ein Wachtmeister Studer – Krimi von Friedrich Glauser - € 5,99

Band 14: **Allan Quatermain und die heilige Blume** – Abenteuerroman von Henry Rider Haggard – € 6,99

Band 15: **Bomben auf Monte Carlo** – Roman von Fritz Reck-Mallaczewen – € 4,99

Band 16: **Das Elfenbeinkind** – Ein Allan Quatermain Abenteuerroman von Henry Rider Haggard – € 6,99

Band 17: **Quo Vadis** – Historienepos von Nobelpreisträger Henryk Sienkiewicz - € 6,99

Band 18: **Venus im Pelz** – Novelle von Leopold von Sacher-Masoch – € 4,89

Band 19: **Das Paradies der Damen** – Roman von Emile Zola – € 6,99

Band 20: **Der Geheimagent** – Politthriller von Joseph Conrad – € 6,99

Band 21: **Alraune** – Ein phantastischer Vampirroman von Hanns Heinz Ewers - € 6,99

Band 22: **Das Spinnennetz** – Ungekürzter Spionagethriller von Joseph Roth - € 6,99

Band 501: **King Solomon's Mines –** A remarkable adventure by ALLAN QUATERMAIN – English Edition - € 8,99

Band 502: **Dracula** – A Gothic horror novel by Bram Stoker – Illustrated Edition - € 9,99

Band 503: Frankenstein – Or The Modern Prometheus – Novel by Mary W. Shelley – Newly illustrated Edition - € 8,99

Buchreihe "ToppBook Fantastische Welt"

Conan der Legendäre: Der schwarze Zirkel – Von Robert E. Howard - € 9,99

Conan der Legendäre: Eine Hexe wird geboren – Von Robert E. Howard - € 7,99

Conan der Legendäre: Rote Nägel – Von Robert E. Howard - € 9,99

Conan der Legendäre: Der schwarze Koloss – Von Robert E. Howard - € 6,99

Conan der Legendäre: Jenseits des schwarzen Flusses – Von Robert E. Howard - € 9,99

Ratgeberreihe von ToppBook.de

Wie man seinen Verstand benutzt: Und seine Willenskraft stärkt. Ein praktisches Handbuch der Psychologie – Von William Walker Atkinson - € 12,99

Einfach logisch DENKEN: Die Gesetze des Denkens – Von William Walker Atkinson - € 14,99

Besseres Gedächtnis: Wie man es stärkt, trainiert und einsetzt – Von William Walker Atkinson - € 12,99

Wie man seinen 24Std-Tag organisiert: und mehr Zeit gewinnt für das wirkliche Leben – Von Arnold Bennett - € 9,99

Anleitung zum Roman-Schreiben: Wie man anfängt, einen Plot entwickelt und eine gute Geschichte erzählt. - Von Oliver J. Wilde - € 12,99

Psychologische Verkaufskunst: Denk- und Handlungsweisen, Vorgangsweise und Abschluss. - Von William Walker Atkinson - € 12,99

Zeichnen für Einsteiger: Achtzehn Lektionen in naturalistischem Zeichnen. - Von Dorothy Furniss - € 14,99

BUCHTIPPS

Fitzgerald schafft ein treffendes Porträt von schönen, eigensinnigen jungen Frauen und Männern, der sogenannten "Verlorenen Generation" der 1920er Jahre. Seine Figuren sind raffiniert, witzig und vor allem modern. Diese ikonische Sammlung von acht Geschichten enthält zum ersten Mal in deutscher Übersetzung einige von Fitzgeralds berühmtesten Erzählungen.

Ein einzigartiges Werk des Autors von „Der große Gatsby“ und ein treffendes Porträt.

Junge Wilde und Philosophen | F. Scott Fitzgerald, Klaus-Dieter Sedlacek (Hrsg.) | Books on Demand | 16,80 € | 300 Seiten | Paperback | ISBN 9783748191766

Zum Buchshop:

BUCHTIPPS

Eine der besten Horrorgeschichten in zweisprachiger Ausgabe.

Zum Buchshop: